JN104209

écriture　新人作家・杉浦李奈の推論 Ⅵ

見立て殺人は芥川

松岡圭祐

角川文庫
23291

目次

1

杉浦李奈《すぎうらりな》は代々木八幡《よよぎはちまん》駅近くのマンション、那覇優佳《なはゆうか》の部屋に来ていた。フローリングの床いっぱいに、無数の本が山積みになっている。もはや足の踏み場もなくなったものの、わずかに空いた場所に腰を下ろした。優佳が新しく買った本棚が、ついさっき届いたばかりだ。前の本棚を埋め尽くす書籍類をすべてとりだし、新品の本棚に入れ替えたのち、またすべてを収めにかかっている。

李奈と優佳は同じ二十三歳だが、蔵書はずいぶんちがう。李奈は感嘆の声をあげた。「『竜馬がゆく』が全巻揃ってる。『坂の上の雲』も。っていうか『空海の風景』まであるじゃん」

優佳は文庫本を数冊ずつ棚に並べながら苦笑した。「司馬遼太郎《しばりょうたろう》はお父さんの影響。ここにある本もほとんどお父さんが買ったかな」

「上京するとき持ってきたの？」

「そう。そのへんの本は小さいころから読んでて、思いいれが強くてね。最初は意味もわからないまま拾い読みしてたけど、だんだん理解できるようになるのが嬉《うれ》しくて」

「『箱根の坂』もある……。北条早雲《ほうじょうそううん》の話だよね？」

「よく知ってる。李奈のほうこそ読書の幅が広すぎ」

「わたしは図書館で手当たり次第に読むだけ。こんなふうにバラエティー豊かな蔵書はうらやましい。阿佐谷《あさがや》のアパートは狭くて」

「ここも櫻木沙友理《さくらぎさゆり》さんのお屋敷ほどじゃないけどね」優佳は拾いあげた一冊の文庫を本棚に収めようとし、ふとその手をとめた。「まって。これ懐かしい！『バルサスの要塞』だって。社会思想社のゲームブック」

「懐かしいって……。それもお父さんの本？」

「そう」優佳は目を輝かせ、ページをぱらぱらと繰った。「実家の物置にしまいっぱなしの本のなかに、これがあってね。お父さんが中学生のころ買ったたって」

「FFシリーズって書いてあるけど『ファイティング・ファンタジー』だよね。ファイナルファンタジーじゃなくて」

「ページを行ったり来たりするんだって知って、わたし小学生のころ、小説よりのめりこんでね。これを先に読んでたおかげで、DSの『おいでよ　どうぶつの森』とか『ポケモン不思議のダンジョン』とかに、あっさり適応できたかな」

「なんとなくわかる」李奈は笑った。「ふつうDSのほうに先に馴染《なじ》むと思うけど、活字が好きだと、攻略本のほうが読んでて楽しかったりするし」

「それ。選択肢で小説の展開が変わってくるなんて画期的じゃない？　項目《パラグラフ》がランダムになってるから、案外前に読んだとこが探せなくて、最初からやり直さなきゃいけなくなる。コンピューターゲームっぽさも味わえるんだよ、体裁はふつうの本なのに」

「ガンジーっていう化け物がでてきて、そこから先に進むのに難儀したのはおぼえてる」

「李奈もこれ読んだの？　大昔のゲームブックにまで詳しいなんて。あ、ならちょっとききたいことがある。ええと、どこだっけ」優佳は本のあちこちのページを開き、やがて一か所を見つけだしたらしい。李奈ににじり寄ってきた。「ここ。パラグラフの二五八。どういうルートを通ったらここに来るの？」

「どういうルートって……。そもそもどっかの選択肢から飛んでこなきゃ、そのパラグラフを読まなくない？」

「ふつうはそうなんだけどさ。ページを行ったり来たりするうちに、ほかのパラグラフもちらちら目に入ったりするでしょ。で、ここが気になってたの。なんとかしてここに来ようと頑張ったんだけど、ついに到達できなかった思い出がある」

李奈は文庫本を受けとった。『バルサスの要塞』スティーブ・ジャクソン著、浅羽《あさば》莢子《さやこ》訳。パラグラフ二五八。

二五八

なにを差しだしてもたいした興味を示さず、むしろ君に関心があるようだ。君は〈目くらまし〉の術で驚かせてやろうと部屋の中央に美しい虹《にじ》を作りだす。妖《よう》怪《かい》らはうっとりとして、君が奥の扉に向かうのを許す――一四〇へ。〈目くらまし〉の術が使えなければ、どれかほかの術を使って気を引かねばならない。使える術がないなら妖怪らに近づくしかない――三六六へ。

「あー」李奈はいった。「〝どれかほかの術を使って気を引かねばならない〟といっときながら、〝ほかの術〟の選択肢がないまま〝使える術がないなら〟と書いてる。これはたぶんダミーパラグラフ」

「ダミーパラグラフ？」

「初期の『ファイティング・ファンタジー』シリーズは、パラグラフをぜんぶで四〇〇に統一してあったでしょ。でも作者がチャートを構成するとき、ぴったり四〇〇にならなくて、水増ししたりするの」

「なんで？　そんなの無駄でしょ。なんでもいいから選択肢を増やせばいいんじゃないの？」

李奈は巻末の奥付を見た。「一九八五年四月一日刊……」。この当時にはいちおうパソコンはあったけど、いまのＷｏｒｄみたいに文書作成が自由じゃなかったらしくて」

「それがパラグラフの水増しとなんか関係ある？」

「ゲームブックの原稿は、まず仮番号の各パラグラフを物語順に執筆してから、シャッフルして最終的な番号を確定するの。その後パラグラフの一番から順に、文庫本にレイアウトしていくと、ときどき入る挿絵《イラスト》とパラグラフが、うまく見開きに並ばない箇所がでてくる」

「そう？　パラグラフの横のページに入れりゃいいんじゃないの？」

「この本を見ればわかるけど、イラストはかならず左ページって規則があるの。そこを遵守しようとすると、左ページにパラグラフの全文がおさまっちゃった場合、該当するイラストはどこに載せればいい？」

「なるほど……。パラグラフの本文がある見開き内にイラストがないと、ゲームブックの場合は致命的だよね。翻訳の言語によっても、文章の長さが伸びたり縮んだりして、レイアウトは崩れてくるし」

「だからそれを調整しやすくするために、ダミーパラグラフが数か所入ってるの。必要な行数に合わせて、無関係の文章を挿入して、すべてのイラストがパラグラフと同時に、読者の目に入るようにする」

「すごい。初めて知った。でも李奈……。昭和《しょうわ》のゲームブックの編集作業にまで精通してたの？」

「ベテラン編集者さんの昔の苦労話をきくのが好きだから……。この仕事やってて楽しいことのひとつ」

「筋金いりの本好きだね、李奈は」優佳が『バルサスの要塞』を本棚に収めた。「本に関する謎なら、なんでもござれって感じ」

「やめてよ」李奈は苦笑いしてみせた。「謎解きなんてもういい」

「そう？　警察関係者のほうが先生って呼んでくれるじゃん。杉浦先生。編集者はみんな杉浦さんって呼ぶよね。わたしも那覇さん。素人あつかい」

「そんなことないでしょ。那覇先生。それより出版してもらえる小説を書かなきゃ」

「最近やたら忙しかったもんね」優佳は文庫を次々と本棚に揃えていったが、ふと戸惑いをしめした。「ありゃー。この段だけ、ほんのちょっとだけ余ってる。綺麗《きれい》にぴったり収めたいのになー。一冊いれるには狭すぎるし……」

李奈は本棚を一瞥《いちべつ》した。「カフカの『変身』ない？　角川文庫じゃなくて、新潮文庫の古いやつ」

「ええと、たしか『変身』はあったような……。でも角川文庫だったかもしれない。そっちじゃ駄目なの？」

「角川文庫は今年の改訂版で前より薄くなったけど、昭和二十七年初版の新潮文庫版なら、もっと薄くて百二十ページ前後しかない」

「あった！　これじゃない？」優佳がとりあげたのは、まさしく新潮文庫版『変身』だった。それを本棚の段の端に差しこむ。「ぴったり！　きつすぎず緩すぎず。さすが李奈」

「優佳のお父さんもかなりの読書家だよね」

「いえ。この『変身』は嫌ってた。社畜がある日突然身体を壊したら、家族に見向きもされなくなる話だとかいって」

「ああ、そんなふうに解釈したんだね。でもふつうは……」

「朝起きたら害虫になってるって時点で、そっちのほうがショックだよね。李奈もそう思うでしょ？」

「仕事疲れから悪夢を見てる話だととらえたけど」

「へえ。わたしは単純に、不条理な絶望に見舞われたSFじゃないかって」

「絶望したのかな。そのわりには主人公が当初、変身したこと自体を楽しんでるんだよね？」

「そうだったね」優佳はまた『変身』を引き抜いた。「壁を這《は》って天井に上って、また舞い落ちて遊んだとか、そんなことが書いてあったような。それより自分の見た目が気にならないのかな？　両親からも気味悪がられちゃうんだよね」

あくまで雑談だ。李奈は自分の考えを口にした。「わたしも外見こそが最大の問題だと思うけど、世帯主のサラリーマンが読むとちがうのかも。稼げなくなって家族に邪険にされるくだりのほうが、胸に刺さるのかな」

「そっか、たしかにね。後半そんな展開にもなってる。わたしは虫になった時点で人生が詰んじゃって、以降はただ不幸の連鎖って感想だったけど、お父さんは働けなくなることへの恐怖のほうが大きかったのかな。だけどさー……」

「なに？」

「うちのお父さんって、きめつけてくるんだよ。いろんな解釈があってもいいのに、カフカは絶対にこういう気持ちで書いた！　これはこんな主題の本だ！　とか力説してきて」

「あー。作家論の人なんだね」

「いまの読書はテクスト論が主流じゃん？　解釈は人それぞれ。主体は読者にあって、作家がどう主張しようが関係なし。書かれたものに感じたことがすべてでしょ」

「でも」李奈はいった。「日本でテクスト論が取り沙汰《ざた》されだしたのは、一九八〇年代以降らしいから、お父さんの若いころはちがったんじゃない？　本当はテクスト論にすぎなくて、自分なりの解釈をしてるのに、作家論と錯覚しがちだとか」

「そう、それ！　国語の長文読解でも〝作者がいいたいことを選べ〟とか、作家論の悪しき名残だよね。文学を読み解くイコール作家の気持ちを知るって考え方。だけどちがうよ。解釈に正解なんかない」

「正解があるときもあるんじゃない？　ずばり作者の伝えたかったことを読みとれたとか」

「とんでもない！　作者の頭のなかなんて、そんな立派なもんじゃないでしょ。わたしなんて、今度は売れてほしいとか、本屋大賞にノミネートされたいとか、読書好きのイケメンと知り合うきっかけになってほしいとか、煩悩ばっか」

「まさか……。読者にこんな思いを伝えたいとか、少しはあるでしょ？」

「ないない、そんなもん。萌《も》えの嗜好《しこう》がおんなじ読者に共感してほしいとは思うけどさー。そっち追求したほうが売れるもん」

「優佳の小説を読んだ人の感想に、作家論っぽいのはなかったの？」

「あったよ。『初恋の人は巫女だった2』のネットレビューだったかな。この著者は面食いで、イケメンとつきあいたがってるのが文章から滲《にじ》みでてるって」

「……作家論で当たってるんじゃない？」

　ふたりで笑いあった。さも愉快そうに優佳がきいた。「李奈は？　どんな感想が多いの？」

「わたしは……」

　どうなのだろう。李奈はふと沈黙した。

　ここ最近、現実に関わった事件についての論評なら、山ほど目にしてきた。けれども小説の感想となると、ネットにもさっぱり上がらない。つまらないとか読むに堪えないとか、否定的な意見すらほとんど投稿されない。

報道ではそれなりに名前がでている。なのに本業の小説となると、まるで空気のような扱われようだ。著書が存在しているのに世間から見向きもされない。売り上げはゼロではなく、むしろ少しずつだが増えてきているというのに、どうして無反応なのだろう。あきれて物もいえないとか、そんな感想が大半なのか。

2

阿佐谷北七丁目、三好《みよし》アパート一階の自室で、李奈はデスクに向かった。

帰宅したらもう夕方だった。きょうのノルマぶんは、ちゃんと執筆しておかねばならない。そう思いながらパソコンの電源をいれる。角川文庫の新作。担当編集者の菊《き》池《ち》から、会議で企画が通ったと連絡があった。プロットを元にしながら、さっそく書き始めることにする。

Ｗｏｒｄの新規文書ファイルを作成。題名は『雨宮の優雅で怠惰な生活2』とする。縦書きに設定して、縦三十八字、横三十二行に設定。角川文庫が縦三十八字、横十六行だから、これで見開きと同じレイアウトになる。もっとも最近は電子書籍の読者が増え、改行のタイミングが意図どおり反映されないのが悩みの種だが……。

美佐《みさ》は

第一章

画面にはそれだけが表示されている。執筆を開始した直後、キーボードに這わせた両手の指が、なぜか動かなくなった。李奈はただ茫然《ぼうぜん》と画面を眺めた。

やばい。なにも頭に浮かんでこない。こんなことは初めてだった。

プリントアウトしたプロットはわきに置いてある。そちらを眺め、冒頭の流れを確認してから、またパソコンに向き直る。

ところがやはり文章表現が思いつかない。熟考まではしなくても、あるていど自然に発想できるはずが、いまはなにを書けばいいのかわからない。

焦燥が募る一方、おっくうさも頭をもたげてくる。なんとなくやる気がでず、ため息ばかりが漏れる。李奈は椅子の背に身をあずけた。白い部分が圧倒的に多い画面を、ただぼんやりと眺める。

自己分析するまでもなかった。執筆に集中できない理由ならはっきりしている。

リゼロッテ東京ホテルの放火集団殺人事件。あの途方もない衝撃が、いまだ尾を引いていた。李奈だけの問題ではない。業界全体の動揺がいっこうにおさまらない。出版関係者はみな意気消沈している。

今後しばらくは喪に服すべきとする世間の声も大きい。文芸書を大々的にセールスすること自体、不謹慎とみなされる風潮がある。亡くなった作家の方々に失礼、そんな理不尽な批判が寄せられがちだった。

数か月後に文庫の新刊を発売しても、版元は営業に力をいれてくれないかもしれない。この時期に小説を書くことに、どことなく罪悪感をおぼえる、それぐらい世間から業界への圧力は強かった。故人になった小説家たちのファンが中心になり、大手出版各社を攻撃しているようだ。行きすぎた商業主義が悲劇を生んだ、出版界は自重すべきだ、それらの主張が大半を占めている。

やる気がでないもうひとつの理由は、ここ最近顕著になった、李奈の業界における立ち位置だった。文芸界のトラブル解決人、もしくは便利屋のようにとらえられている。

謎解きの得意な作家で、実際に刑事事件の解決に貢献したという触れこみは、小説の売り上げになんら貢献しなかった。李奈はマスコミに自分の名がでるのを敬遠するようになった。ところが同業者や編集者からの相談メールは、いまだ絶えることがない。

原稿データを紛失した。誰かにネタをパクられた。出版の約束を蹴《け》られた。渾身《こんしん》の傑作を書いたのに売れない……。特に最後の悩みはよく寄せられる。どうすれば売れるかなんて、李奈のほうこそ知りたかった。

創作を評価してほしいのに、いっこうにそんな状況が訪れない。つきあいのある編集者らも、事件に関するノンフィクションを書かないかとばかりいってくる。小説の執筆依頼はめったになかった。ノンフィクションをだす気はないと返事すると、それっきり音沙汰《おとさた》なしになる。

よって角川文庫で新作をだせる機会は貴重だった。しかし誰からも望まれていないのでは。そんな空虚な思いが脳裏をよぎる。それでも書き始めれば自然に乗ってくるだろう、そう考え直して執筆にとりかかったのだが、結局この体《てい》たらくだった。

放火集団殺人の犯人に対し、小説家なら文章のつづきを思いつくはず、そんなふうに啖呵《たんか》を切ったのを思いだす。極度の人見知りだったのに、いつしかずいぶん肝が据わりだした。それはいいとして、いまの自分はどうだろう。才能のなさを露呈している。これでは李奈こそ小説家失格ではないか。

キーボードに手を伸ばしかけたが、やはり気が進まない。スマホをとりあげ、明日のバイトのシフトを確認する。コンビニの接客スキルの向上にこそ自信が持てている。フリーターの肩書きのほうが現状しっくりくる。

インターホンが鳴った。三つ年上の兄、航輝《こうき》が来たのだろう。テイクアウトの夕食を持ってきてくれると連絡があった。家賃とスマホ代の支払いで首がまわらない。食費の援助はすなおにありがたい。

李奈は立ちあがった。仕事部屋兼寝室の隣はダイニングキッチンだった。調理台があるだけのフローリングの小部屋にすぎない。冷蔵庫や電子レンジを置き、四人掛けの食卓を据えてある。隅には靴脱ぎ場もあるから、玄関ホールさえ兼ねている。

李奈はドアを解錠し、外へと開け放った。スーツ姿の航輝がレジ袋を提げ、目の前に立っていた。会社で食器の営業を担当する航輝は、出先からの直帰が多い。きょうもそうらしい。レジ袋と一緒にカバンも携えている。

兄の態度が妙に遠慮がちに思えた。ずかずかと立ち入ってこない。理由は航輝の同伴者を見たとたんあきらかになった。

夏はとっくに過ぎているが、お馴染《なじ》みウエスト高めのロングワンピースは、生地が厚手で季節的に少し早い。丸顔にショートボブというよりはおかっぱ頭、以前よりやや老けた印象の母が、航輝とともに立っていた。

母の愛美《あいみ》はなにもいわず、ぎこちない微笑をたたえている。李奈も自分の表情が凍りつくのを感じた。

気まずい沈黙を、航輝のうわずった声が破った。「あのさ。お母さんがちょうど伊《い》賀《が》からでてきてたから、きょう一緒に食事どうって誘ったんだけど」

「ちょうどって？」李奈はきいた。

「なにが？」航輝がたずねかえした。

「いやだから、いまちょうど三重県からでてきたとかいうから。ちょうどってなにって思って」

「ああ。だから、ちょうどっていうか、まあ偶然というか」

母の顔から微笑が消えた。「航輝。やっぱお母さんは遠慮しよっか」

「いいから！」航輝が母に留《とど》まるよう手振りでしめした。李奈に向き直り、早口に航輝がまくしたてた。「外食してもよかったんだけど、李奈も忙しいだろうし、いちいち駅前まででてくるの面倒だろ。だから予定どおりテイクアウトを持ってくることにして、お母さんも一緒に食べようって流れになったわけだ」

外食にしたのでは、母がいるのを見たとたん、李奈が帰ってしまう。航輝はそれを危惧《きぐ》したにちがいない。李奈は当惑とともに立ち尽くした。押しかけてきた母を閉めだすわけにもいかない。

航輝がレジ袋を持ちあげた。「とにかく飯にしよう」

李奈は兄を見かえした。考えるのもおっくうになる。戸口を塞《ふさ》いでいるのは自分と気づいた。李奈は身を退かせた。

「そうこなきゃ」航輝が声を弾ませた。「お母さん、入って」

兄と母に背を向け、李奈は部屋の奥にひっこんだ。どこにいるべきか迷う。ダイニングテーブルのわきに待機するなど耐えられない。いったん仕事部屋兼寝室に入った。間仕切りの戸を横滑りに閉める。完全に閉めきってしまうと、拒絶の意味合いが強くなりすぎる。半開きに留めておく。戸の陰に隠れ、デスクの上を片づけにかかった。

とはいえプロットの束をしまうだけでしかない。たった六文字しか書いていない原稿は、まだバックアップの必要すらなかった。パソコンの電源を落とす。深くため息をつき、またダイニングキッチンに戻る。

母が食卓についていた。椅子に腰かけたまま、卓上にだしっぱなしの調味料の瓶や、メイク用品を整頓《せいとん》にかかっている。航輝は勝手知ったるキッチンで湯を沸かしていた。

李奈はテーブルに歩み寄った。メイク用品を次々にコスメバスケットにおさめる。

「自分でやるから」

顔を見なかったため、母がどんな表情だったか、正確にはわからない。コスメバスケットと置き鏡を手に、また奥の部屋にひっこむ。

ふたたびダイニングキッチンに出直すと、航輝が茶とお吸い物を用意していた。弁当や惣菜《そうざい》の蓋《ふた》が開けられ、テーブルの上に並んだ。

李奈は洗面台に向かった。「手洗わなきゃ」

航輝がいった。「俺とお母さんは、さっきキッチンの流しで手を洗ったけど。べつにいいよな、流しで？」

「べつに……」

たっぷり時間をかけ、ハンドソープで丹念に手を洗ったのち、李奈は食卓に戻った。空いている椅子に腰かける。いつもとちがい、航輝は斜め向かいの席に移動している。李奈の向かいは母だった。

唐揚げ弁当を選ぶ。李奈は箸《はし》をとり、食事に目を落とした。「いただきます」

母がどことなく落ち着かない態度で、部屋のなかを見まわした。「ここじゃ不便でしょ」

「便利」李奈は顔をあげず即答した。

航輝が穏やかにうながした。「まずは食べよう」

黙々と食事が進んだ。テレビを点《つ》けておかなかったことを後悔する。いまからリモコンを操作するのは感じが悪すぎる。

「ああ」母が箸を置き、足もとから紙製の手提げ袋を持ちあげた。「これ、お仕事関係の人たちに」

李奈は首を横に振った。「いらない」

「なんで?」母は特に顔をしかめたりもせず、ただ目を丸くした。「出版社に行くこともあるんでしょ。持っていけば?」

「それ赤福餅《もち》でしょ。三重県だからってベタすぎ。甘い物好きな編集者さんって、最近あまりいないし」

「そうなの? 松阪牛《まつさかうし》にしとけばよかったわね」

それはもちろんそうだろう。そんな高価な土産、最初から買う気があったとは思えない。李奈は食事を再開した。「唐揚げがおいしい」

航輝が見つめてきた。「わかった。次は夕食に牛肉を買ってくる」

「誰もそんな話してない」

「李奈」母があっさりと切りだした。「小説は家でも書けるでしょ?」

室内がしんと静まりかえった。外を走るバイクの音がきこえる。航輝が沢庵《たくあん》を頰張ると、その音がやけに耳障りに響いた。

「書けない」李奈は語気を強めた。「小説ってのは編集者さんと打ち合わせしながら進めるものだし」

「でも」母の口調は実家にいるときと同じペースになりつつあった。「電話やメールでやりとりできるでしょ」

「顔を突きあわせてこそ細かなニュアンスが伝わるの」

「テレビ電話があるでしょ」

「ビデオ通話のこと?」

「そう。それ」

「ヨントンじゃあるまいし……」

「なにが四トン?」母が真顔できいた。

航輝が咳《せき》ばらいした。「お母さん。ヨントンってのは、K-POPのアイドルとビデオ通話するサービスのことだよ」

母は航輝に見向きもしなかった。「李奈。原稿もメールで送るんでしょ? ノリスケさんが伊佐坂《いさざか》先生の家に来るみたいなことは、もういまはないんじゃなくて?」

その表現は前にも耳にした。李奈はいらっとしながら航輝を睨《にら》んだ。「喋《しゃべ》った？」

「ただの情報だよ」航輝がたじろぎながら応じた。「事実だろ？」

李奈は母を見かえした。「あのさ。商取引する相手が遠くに住んでたら、まとまる話もまとまらないでしょ。編集者さんは都内にいる小説家に、優先的に声をかけるの。三重県に住んでたらビジネスチャンスを逃しちゃう」

「そうでもないでしょ」母はいかにも子供を見る目を向けてきた。「江戸川乱歩《えどがわらんぽ》がまだ生きてて、名張《なばり》市の生家に住んでたら、どの出版社さんも飛んでくるでしょ」

「乱歩レベルってどこの大物？　そりゃあるていど売れれば、地方に行っても見放されずに済むだろうけど、いまはまだ駄目」

「いつになったらだいじょうぶなの？」

「売れたら」

「どれぐらい売れたらの話？　櫻木沙友理さんぐらい？」

思わず箸を弁当箱に叩《たた》きつけた。李奈は腰を浮かせた。「ごちそうさま」

「まった」航輝が片手をあげ、李奈を制した。「まだ席を外さないでくれ。お母さんも説明の仕方が悪い。李奈。家ではおじいちゃんがひとりきりで、もうかなり歳だろ？　お母さんもパートしてるから……」

李奈はもやっとした気分になったものの、祖父のことを持ちだされると、心配にならざるをえない。とはいえ腑《ふ》に落ちたわけではない。李奈は椅子に座り直した。「お父さんとお母さんが共働きだから、わたしが実家に帰って、おじいちゃんの面倒をみろって？」

母が小さくため息をついた。「李奈の仕事は家でできるんでしょ？」

「もう」李奈は苛立《いらだ》ちを募らせた。「そんな気楽な立場じゃないんだってば。プロットを作っては売りこみに行って、文藝家協会や推理作家協会の懇親会で人脈をひろげて……」

「このあいだ火事になったやつ？　あんた、やめときなさいよ。そんな危ないとこに行くのは」

「危なくない」

「そんなことといって、お母さんにしてみたら心配じゃないの」

航輝が口をはさんだ。「お母さん。日本小説家協会の放火事件のことなら、犯人を見つけたのは李奈なんだよ」

報じられていない話だけに、母は冗談だと受けとったらしい。笑いながら母がいった。「ばかばかしい」

李奈はまた箸を叩きつけた。だが腰を浮かせるより前に、航輝があわてぎみに両手を突きだし、退席を阻止してきた。

たしかにぶつかりあうばかりでは話が進まない。李奈は心を落ち着かせようと茶をすすった。「あのさ。お母さんがパート辞めればよくない？」

母が表情を曇らせた。「お父さんの給料が減っててね。わかるでしょ。いろんなところで物価が上がって、しかも不景気で」

「……どれぐらい下がったの？」

「田舎だからクルマがないと生活できないし、家のローンも残ってるから、せめてそれが払えるぐらいにはしとかないと。お母さんが働いてれば、なんとか賄えそうなの」

航輝が難しい顔で視線を落とした。「俺はこっちの会社に勤めてるから帰れないしな」

わざわざそんなことをいう兄に反感をおぼえる。けれども事実として、三重に帰って祖父の面倒をみられるのは、李奈ひとりだろう。

母もうつむき加減にささやいた。「おじいちゃんもひとりだし、いつ身体を壊しちゃうかわからないしね」

そこは李奈も危惧《きぐ》している。だからこそ早く結果をだし、祖父を喜ばせてあげたかった。家の事情はそれなりに理解できた。とはいえ李奈の夢についても、両親に理解してほしかった。

李奈のなかに感傷がこみあげてきた。軽く泣きそうになる。「わたしの仕事はどうでもいいの？」

母が気遣わしげに身を乗りだした。「そんなことといってない。李奈。本を曲がりなりにもだせたのは立派だと思ってる」

曲がりなりにも。母はどうも言葉のチョイスがよくない。自覚なく娘の神経を逆撫《さかな》でしてくる。

「ただね」母が表情を曇らせた。「お母さんは心配なの。東京は悪いニュースばかりでしょ。若い女の子が乱暴されたり、クルマに轢《ひ》かれたり、殺されたりばかりしてる」

「そんなに無法地帯じゃないよ……」

航輝がおずおずといった。「地方でニュース観てると、東京はそんな事件ばかり起きてるように思えるんだよ。『警察24時』か刑事ドラマを通じてしか、都会を理解できないし」

母が井戸端会議のような物言いで航輝を遮った。「最近ね、桑名《くわな》のあたりが都会なの。マンションがたくさん建ってね」

「でも」航輝は母を無視してつづけた。「それを抜きにしても、お母さんやお父さんは不安がってるんだよ。李奈がひとり暮らしして、危ない目に遭わないかって」

李奈は顔をしかめてみせた。「わたしもう二十三だし」

母が憂いのまなざしを向けてきた。「業界に悪い人も少なくないでしょ？　女だからってなめてきて、いうことをきかせようとする悪徳編集者とか」

編集者とはどういうイメージなのだろう。李奈は否定した。「そんな人いない」

「あんたは鈍感すぎるの。問題起こした編集長さんがいたじゃないの。ほかにも京都で亡くなった小説家がいたでしょ。瀬戸内海《せとないかい》の島かどこかでも、血なまぐさいことが起きたって」

李奈は言葉に詰まった。困惑とともに航輝を見やる。航輝も戸惑い顔で見かえした。

それらの事件を受け、業界の健全化に貢献してきたのは、ほかならぬ李奈だった。親に秘密にする必要はないが、たぶん話しても本気にしてもらえないだろう。

「お願いよ」母が切実な顔でまっすぐ見つめてきた。「みんなが少しずつ妥協して、不安を解消して、幸せにならなきゃ……。お母さんも頑張ってパートにでてるんだし、李奈も協力して。ときどき上京すれば、編集者さんとの打ち合わせもできるでしょ?」

李奈の心は沈んでいった。小説家として大成し、収入も増えていれば、こんな相談は受けずに済んだ。だから早くそうなりたかった。もうタイムリミットが来てしまったのかもしれない。

母の言いぶんはもっともだった。なにも小説家を引退するという話ではない。ビジネス面で不利になるものの、場所を移し継続できる。両親が李奈を心配しているのは、疑いの余地なく事実だろう。祖父の問題も、李奈が実家に帰りさえすれば、ひとまず解消する。

そうはいっても苦渋の決断になる。そこを母にはわかってほしかった。李奈はつぶやいた。「お母さんは小説のこと、よく知らないと思うけど、わたしは上京してから……」

「あら」母は話の腰を折った。「小説を知らないなんて、そんなことないわよ。お母さんは読書家だったんだから」

妙な空気になる。航輝がまずいという顔になった。李奈のなかでまた母への反発がぶりかえした。無思慮な言い方がむかつく。李奈は声を荒らげた。「わかってない」

「わかってるってば」母はあくまで李奈を子供あつかいしてきた。「小説はよく読んでたの」

家にろくに本もないのに、そんなわけがない。李奈は母を問い詰めた。「読んでたっていつの話？　櫻木沙友理の名前を知ってるぐらいでしょ」

「いいえ。若いころは芥川龍之介《あくたがわりゅうのすけ》とか読んでた」

「どんな作品？」

「ええと。『蜜柑』とか」

三千三百字ていどの超短編だった。李奈はあきれながらいった。「〝私は横須賀《よこすか》発上り二等客車の隅に腰を下して、ぼんやり発車の笛を待つてゐた〟。そこに十三、四歳の少女が乗ってきた。おぼえてる？」

母がうなずいた。「奉公へ行く子でしょ。向かいの席に座ったのよね」

「四人掛けのボックスシートだった？　それともいまのJR各駅停車みたいに、窓に背を向けたロングシート？」

「そりゃ大昔だし四人掛けでしょ」

「ちがう」

「なにがちがうの？　四人掛けって書いてあった」

「書いてない。田舎者っぽくて非常識な子が、遠慮なしに向かいに座った。しかも〝私〟が寝てるうちに隣に来て、窓を開けようとするもんだから……。そのずうずうしさと〝私〟の感じた圧迫感から、四人掛けと解釈しちゃっただけ」

「四人掛けじゃないとも書いてないんでしょ?」

「いえ。二段落目に〝後《うしろ》の窓枠へ頭をもたせて〟とある。窓が頭の後ろにあった証拠。あれはロングシート」

「そんなこと書いてなかったでしょ。芥川は四人掛けのつもりで書いてる」

航輝が苦笑した。李奈は頭に血が上るのを自覚した。小説については李奈のほうが詳しい、そのことすら認めようとしない母に腹が立った。

李奈は怒鳴った。「なんでお母さんに芥川の気持ちがわかるの⁉ 読みちがいをしてるんだからテクスト論にすらなってない。そのくせ主観を作家論と勘ちがいしてる。あれはロングシートだってば!」

とうとうけんか腰になってしまった。自分が嫌になった。李奈は憤然と席を外し、仕事部屋兼寝室へと逃げこんだ。引き戸をぴしゃりと閉める。

母親らしい物言いが、負けじと引き戸越しに投げかけられた。「四人掛けでしょ」

いらいらしてきた。電子書籍で『蜜柑』をダウンロードして、母の鼻先に突きつけたくなる。だが馬鹿げている。李奈はベッドに潜り、シーツを頭からかぶった。親がいると子供にさせられてしまう。だから嫌だ。幼少のころもよくこんなふうにいじけた。すねた李奈はすっかり昔に戻っていた。

3

翌日は薄曇りだった。中目黒《なかめぐろ》の蔦屋《つたや》書店内にあるスターバックスコーヒーで、優佳と待ち合わせをした。

ブルックリンスタイルの洒落《しやれ》た内装をベースに、カフェと書店が一体化している。書棚とテーブル席が交互に配置され、会計前の本も自由に読める。とはいえ書棚から遠い窓辺の席から順に埋まるのが常だ。李奈と優佳はむしろ店の奥、文芸書の棚に近いテーブルに陣取った。

トレーをテーブルに置こうとしていたとき、スマホが鳴った。なんと警視庁捜査一課の山崎《やまざき》だった。李奈は戸惑いがちに応答した。用件をきく前に、最近忙しくてと伝えた。するといまの居場所を教えてほしいといわれた。中目黒の蔦屋書店だと答えたが、電話を切ってから後悔する。とぼけておくべきだったか。あるいは警察から李奈の母に電話してもらい、李奈の貢献について説明してくれるよう頼めばよかった。

　優佳は書棚をめぐり、数冊の本を手に戻ってきた。「あったよ。岩波文庫の『蜜柑・尾生の信 他十八篇』。芥川は龍じゃなく竜のほうの竜之介著。本人が龍と名乗ってたんだから、そっちのほうがいいと思うけどね」

　李奈は苦笑しながら椅子に腰かけた。『蜜柑』なんて読みかえすまでもない。四人掛けの席だなんて書いてない」

「そうなんだ」優佳は着席し、文庫本のページを繰った。「わたしも四人掛けだと思ってた。まさか山手線《やまのて》みたいなロングシートだったなんてね。なら向かいの席といっても、かなり離れてるでしょ。主人公もそんなに嫌がらなくてもよかったのに」

「離れてても気になるぐらい少女がみすぼらしかったから、近づいてきて窓を開ける行為が迷惑に思えたんでしょ」

「ロングシートだから反対側の窓を開けに来たってことだよね？」

「そう。でも沿線で見送る弟たちに別れを告げて、蜜柑《みかん》を贈るためだった。その瞬間に主人公も自分の先入観を恥じる。短いけど感動的な話」

「たしかに四人掛けとは書いてないね。〝後《うしろ》の窓枠へ頭をもたせて〟か。気づかなかった。読みながら自由に想像しちゃってた。テクスト論だよね」

李奈はアーモンドミルクラテを口に運んだ。「母にいったけど、文章を正確に読みとってないから、テクスト論以前の問題。ただの誤読」

「厳しいね。でもあくまで自説を曲げないお母さんも、いかにも李奈の親って感じ」

「ただ頑固なだけだって。その一方で出世欲とかはなくて、うちのお父さんやお母さんはのんびりしてる。わたしの成功も願ってない。三重の県民性かな」

優佳が微笑しながら、洋書のペーパーバックを手にとった。"The Return of Sherlock Holmes" とある。優佳がきいた。「これわかる?」

「『シャーロック・ホームズの帰還』だよね」

「そう」優佳は本を開いた。「『空き家の冒険』の……ええと、ここ。どう翻訳する?」

その箇所は短編の序盤だった。ワトソンに出会った老人の台詞《せりふ》だ。"Maybe you collect yourself, sir. Here's British Birds, and Catullus, and The Holy War—— a bargain, every one of them."

「あー」李奈はいった。「珍しい本の蒐集《しゅうしゅう》家の老人が、ワトソンの部屋を訪ねたところでしょ」

「そのとおり」優佳が新潮文庫の『シャーロック・ホームズの帰還』をとりあげ、最初のほうを開いた。「延原謙《のぶはらけん》訳では、老人がワトソンの書棚を見て、こう話すの。〝お見うけするところ、あなたも集めていらっしゃるようですな。『英国の鳥類』『カタラス詩集』『神聖戦争』などあるようですが、みな掘り出しものですな〟」

なにをいいたいかは予想がつく。テーブルには角川文庫版の駒月雅子《こまつきまさこ》訳『シャーロック・ホームズの帰還』もあった。李奈は該当箇所を開いた。「こっちでは老人がこういってる。〝あなたも本はお好きでしょう。これなどいかがです？『英国の鳥類』。それから『カトゥルス詩集』に、『聖戦』――どれも掘り出し物ですよ〟」

「新潮文庫版は三冊の本がワトソンの書棚にある。角川文庫版は老人が持ってきてる。どっちが正しいの？」

「角川文庫のほう。延原さんは“Maybe you collect yourself”のcollectを、蒐集って意味にとらえたのかもしれない。お年寄りの口語体だし、翻訳によっては〝それでよく合点のゆかれたことと思いますが〟となってたりして、意訳が必要な箇所だろね」

「そっかー。長いことどっちなんだろって疑問だった。李奈から『蜜柑』の話をきいて、ひさしぶりに思いだしちゃって」

「この老人って、じつはホームズの変装でしょ。ワトソンを書棚に振り向かせようとして、こんなふうに話してる。そっちの解釈を優先させちゃうと、三冊の本が書棚にあるように思えるのかも」

「前後の文脈から読みとるっていうけど、それで誤解しちゃうこともあるんだね」

李奈はまたアーモンドミルクラテをすすった。「あるいは読者の気分によって、無意識のうちに解釈が変わるとか」

「ありうる」優佳が思いだしたように笑った。「わたし小学生のころ、合唱コンクールの練習で『翼をください』の歌詞だけ、先に渡されてね。なんて脳天気で楽しい歌なのかって」

「脳天気？　『翼をください』が？」

「〝この大空に翼をひろげ飛んで行きたいよ〟だよ？　とても素敵って思っちゃって」

「〝悲しみのない自由な空へ〟といってるのに？」

「それも文字どおり、悲しみがないんだから喜びしかないって解釈してた。メロディを聴いてから、ようやく理解したの。はかない夢とか、現実逃避を歌ってたんだね」

「優佳は明るい小学生だったんだね」

「詞だけ読んだら、ぜんぜんちがう印象なんだよ。『遠くへ行きたい』もそう」

「〝知らない街を歩いてみたい　どこか遠くへ行きたい〟……ってやつ？　あれはさすがに暗いってわかるでしょ」

「ちがうって。歌詞だけだと希望にあふれてるように読めるの。わたし基本的に悩まない性格でさー。それで小説の深みが足りないのかも」優佳が席を立った。「お腹すいた。あんバターサンド買ってくる。李奈は？」

「わたしが買ってくるよ」

「いいって。うちの本棚の整頓《せいとん》を手伝ってくれたお礼」

「ありがとう……。じゃわたしは野菜サンド」

「オーケー。まってて」優佳がスタバのレジカウンターへと立ち去った。

李奈はスマホをいじった。〝遠くへ行きたい〟を検索する。永六輔《えいろくすけ》作詞の歌詞が表示された。ひとまずメロディを忘れ、小学生の優佳がそうだったと思われる、旅への憧《あこが》れの気分で読んでみる。

知らない街を　歩いてみたい
どこか遠くへ　行きたい
知らない海を　ながめていたい

どこか遠くへ　行きたい
遠い街　遠い海
夢はるか　一人旅
愛する人と　めぐり逢《あ》いたい
どこか遠くへ　行きたい
愛し合い　信じ合い
いつの日か　幸せを
愛する人と　めぐり逢いたい
どこか遠くへ　行きたい

「ああ」李奈は思わず笑いながらつぶやいた。「なるほどね……」

曲調を知らずに読めば、前向きな詞と受けとれなくもない。旅行にでかけたい欲求があれば、後押ししてくれるようにも感じうる。最後の一文〝どこか遠くへ　行きたい〟が寂しげな余韻を残す気もするが、優佳にはそうではなかったのだろう。やはり彼女は根っからの陽キャかもしれない。人見知りの陰キャ出身の李奈とは、詞ひとつにしても解釈が分かれる。

作者がどう思っていようが、作家論は突き詰めず、あくまで自分がどう受けとるかが大事。優佳の少女期における詞の感想は、まさしくテクスト論の典型といえる。そのほうがすなおで子供らしい心なのだろうか。

ふとなんらかの感慨が胸をかすめる。すなおな心こそ人間的、読みちがいがあってもいい。一字一句、正確な読解を押しつけるのは、ひょっとして無粋な行為ではないか。

李奈は頭《かぶり》を振り、その考えを遠ざけた。母は本文の一部を読み落としただけではない、まちがっていないと居直っている。あんな態度が正しいはずがない。

にわかに複数の靴音をききつけた。李奈は顔をあげた。短髪で厳《いか》めしい顔つきのスーツが四人、テーブルに歩み寄ってくる。

ひとりも面識がなかった。先頭の三十代半ばの角刈りと目が合った。誰なのかはわからないが、李奈は軽く頭をさげた。すると角刈りもおじぎをした。

テーブルのわきで四人が立ちどまった。角刈りが腰を低くし挨拶《あいさつ》した。「品川《しながわ》署、刑事組織犯罪対策課の瀬尾《せお》といいます。杉浦李奈さんですか」

「は、はい」李奈はあわてて立ちあがった。

「突然のことで大変申しわけありません。本庁捜査一課の山崎から、こちらにおられるとうかがいまして、私どもも偶然近くにおりましたので」

「なにかご用でしょうか……」

ふと気づくと、近くで優佳がトレーを手に、茫然《ぼうぜん》とたたずんでいた。「李奈？　いったいなに……？」

四人は全員刑事にちがいない。刑事たちがひそひそとささやきあった。みなテーブルの上を見つめている。彼らの視線の先には、芥川の『蜜柑・尾生の信 他十八篇』がある。

瀬尾刑事は表情を険しくしたものの、ほどなく首を横に振った。ちがう本だ、そう小声で同僚に伝えた。

李奈は刑事たちにきいた。「芥川の本がどうかしましたか？」

「恐縮です」瀬尾は硬い顔で応じた。「じつはある事件の捜査中でして、まさしく文学に関わることですので、またお知恵を拝借できないかと……。ご協力いただけませんか、杉浦先生」

中目黒はむろん品川署の管轄外だった。四人の刑事のうちふたりは、目黒署から来ていた。李奈が中目黒にいると知り、急ぎ応援を頼んだのだという。いちいち筋を通そうとするあたりが、いかにも警察らしい。

瀬尾のほか、もうひとりの品川署の刑事は鶴山《つるやま》といった。ふたりの運転するセダンは、おそらく覆面パトカーだろう。李奈は優佳とともに後部座席におさまった。

「優佳」李奈はささやいた。「一緒に来なくてもいいのに」

隣の優佳が首を横に振った。「ショッピングより有意義じゃん。小説家にとって警察署を訪ねる機会なんて、あればあるほどいい。ふだん取材断られてばかりだし」

クルマは山手《やまて》通りを走っていた。十五分ほどで東品川《ひがししながわ》三丁目、元なぎさ通り沿いの品川署に着いた。

4

エントランスといい一階受付といい、ほかの警察署となんら変わるところがなかった。上階の刑事部屋も学校の職員室のようで、これもお馴染《なじ》みの眺めといえる。そこに隣接する会議室がまた味気ない。殺風景な白い壁に会議用テーブル、パイプ椅子。

それら以外にはなにもない。

白髪のめだつ係長、依田《よだ》も加わった。李奈と優佳は三人の刑事とともにテーブルを囲んだ。

「まずは」瀬尾刑事が大判の封筒を開けた。「これをご覧ください」

とりだされたのは透明なポリ袋だった。ファスナーにより密閉状態だが、なかには文庫サイズの紙が数枚あった。いや、実際に文庫本の中身らしい。本の数ページを、ノドから綺麗《きれい》に切り離したうえ、ホチキスで片側を綴《と》じ、小冊子風にまとめてある。

ポリ袋がテーブルに置かれた。手をだすのが憚《はばか》られる。いちばん上の紙の半分ほどに、褐色の液体が染みた痕《あと》があった。いまはもう乾いているが、おそらく血痕《けっこん》と思われた。

瀬尾刑事がいった。「遺留品ですので、ポリ袋から取りだすわけにいかず申しわけありません。このようにいちばん上の紙しか、ご覧いただけないのですが、なんなのかご存じでしょうか」

李奈はためらいがちに手を伸ばした。刑事たちが触れるのを禁止しないとわかり、そっと取りあげる。

小説だった。ついさっき見た字組と同じ、岩波文庫だとわかる。277ページ。短篇集に収録された物語のひとつ、その最初のページになる。題名があって、数行の空きがあり、「一」という最初の節が始まる。題名は『桃太郎』。

　熟考するまでもなかった。李奈は答えた。「芥川の『蜘蛛の糸・杜子春・トロッコ 他十七篇』です。いちばん上は短編『桃太郎』の最初のページで……」

　ポリ袋ごと裏返してみる。小冊子風に綴じられた最後の紙は真っ白だった。しかし裏に二、三行の文章が印刷されているのが、うっすらと見てとれる。そこが短編の締めくくりだった。

　李奈はつづけた。「文庫から『桃太郎』だけ切り離し、ホチキスでまとめてあります。この短編は285ページで終わりますが、286ページは真っ白です。次の短編『女仙』が左ページから始まるからです。よって『桃太郎』が始まる277ページを表紙、286ページを裏表紙にすれば、このように小冊子っぽく綴じられます」

　依田係長が目を細めた。「お若いのに専門家さながらですな。本庁が推薦しただけのことはある」

　鶴山刑事もうなずいた。「杉浦先生のご指摘どおり、277ページから白紙の286ページまで、『桃太郎』という短編のみを小冊子にした物です。小説自体はたった九ページ、枚数にして五枚だけです。中身には書きこみなどはいっさいなく、破れたりもしていません」

優佳が李奈にいった。「同じ本、さっき蔦屋書店で買ってくればよかったね」

「ご心配なく」鶴山刑事が文庫本をとりだした。「ちゃんと購入しております。品川イオンの未来屋書店で。版はちがっても、『桃太郎』は一字一句同じだと確認しました」

真新しい文庫がテーブルに置かれた。さっき蔦屋書店で見た、芥川の別の短篇集と、ほぼ同じレイアウトの表紙。『蜘蛛の糸・杜子春・トロッコ　他十七篇』芥川竜之介作、岩波文庫。

李奈は本を手にとった。二十篇のうち『桃太郎』は十八篇目に掲載されている。277ページを開いた。ポリ袋の中身と同じ、短編『桃太郎』の最初のページがある。もちろんこちらには血痕などない。李奈の記憶どおり、287ページからは次の短編『女仙』だった。

瀬尾刑事が腕組みをした。「不勉強だったのですが、芥川龍之介が桃太郎を書いていたんですね」

「ええ」李奈は短編に目を走らせながら応じた。「芥川は鈴木《すずき》三重吉《みえきち》主宰の児童雑誌『赤い鳥』に参加していました。これは『桃太郎』の、いわば芥川流のパロディーです」

「読んでみたんですが、シニカルな視点にアレンジされているというか……」

「桃太郎がずばり嫌な人になっています。鬼が島の鬼たちにも無慈悲を貫くあたり、これが書かれた大正十三年当時の、軍国主義を批判しているともいわれます。鬼の恨みを買い、のちに執拗《しつよう》に復讐《ふくしゅう》されるのも、戦後の歴史の予言だという意見があります」

「ということは思想が絡んだ事件でしょうか」

「まだなんとも……。いったいどんな事件が起きたんですか?」

刑事たちが神妙な顔を見合わせた。依田係長が目でうながす。瀬尾刑事がためらいがちに口をきいた。

「じつは」瀬尾が切りだした。「殺人事件が起きまして」

優佳が憂いのいろを浮かべた。「またどっかの小説家が亡くなったとか?」

「いえ」鶴山刑事が咳《せき》ばらいした。「被害者はいずれも出版業界とは無関係です」

いずれもと鶴山はいった。被害者は複数いるようだ。李奈は寒気とともに問いかけた。「『桃太郎』となんの関係が?」

瀬尾刑事が黒い表紙のファイルを開いた。「つい先日、南品川《みなみしながわ》七丁目の住宅街で、改造ガスガンを使った無差別殺人事件がありました。報道もされていますが、ご存じですか」

「はい」李奈もニュースで知っていた。「何軒かの家に押し入って、たしかご高齢の男性や、五十代ぐらいの男性がお亡くなりに……」

「そうです。ほかに別の家の庭先に飼われていた犬も一匹、射殺されています。それからスズメ一羽」

「スズメ？」

「ええ。民家のブロック塀にとまっていて撃たれたようです。わりと低い位置ですから狙いやすかったんでしょう。負傷した状態で庭に落ちていました。死んではいません」

優佳が目を丸くした。「スズメがいたってことは昼間なんですか？」

「そうです」鶴山刑事が応じた。「勤め人が多く居住する住宅街なので、むしろ昼間のほうが閑散としています」

「ニュースではそんな話、ひとことも……」

「マスコミの現地取材を控えてもらっており、詳細の発表はこれからです。この『桃太郎』も含め、不可解な点が多々ありますので」

李奈はポリ袋を見つめた。「血がついているってことは、これは……」

「お察しのとおりです」瀬尾刑事が居住まいを正した。「遺体の胸の上に、この『桃太郎』が置かれていたんです。被害に遭った五十代の男性というのは、戸建てに住む会社員の男性でして、自室で仰向《あおむ》けに横たわり、死亡しているのが確認されました。死因は首を撃たれたことによる出血多量」

なんとも奇妙な話だった。李奈はきいた。「その男性のかたは、思想に関わる活動家かなにか……?」

「いいえ。ごくふつうの会社員で、職場や近所の評判も良好でした。当日は有給休暇をとり、家で過ごしていたところを襲われたようです。妻子は沖縄旅行中で難を逃れました。もうひとりの犠牲者、七十代男性の家は三軒隣です」

「そちらにも『桃太郎』があったんですか」

「いいえ。七十代男性も自宅内の和室で死亡していたものの、このような遺留品は見つかっていません。ただし、あのう……」

「なんですか」

瀬尾刑事はファイルから一枚の写真をとりだした。「これがその七十代男性です。宇戸平幸之助《うとべこうのすけ》さん、七十六歳」

写真がテーブルに置かれる前に、優佳があわてぎみに身を退かせた。「ご遺体の写真はちょっと……」

「ご安心を」瀬尾はにこりともせずにいった。「生前の写真です。十年近く前なので、やや若い印象ですが」

李奈は写真を見たとたん絶句した。優佳も言葉を失ったのがわかる。

白髪頭を五分刈りにし、ごま塩髭《ひげ》のめだつ頑固そうな顔。皺《しわ》がやたら多かった。撮影当時に六十代のわりには老けている。面長で両耳が大きく横に広がっていた。目が丸く、鼻は低く短め、口が大きい。面積のある富士額に、半円形の眉《まゆ》……。

瀬尾刑事が見つめてきた。「第一印象をおっしゃっていただきたいんですが」

「あのう」李奈は発言をためらった。「お顔がですね、そのう……」

「猿」優佳がいった。

依田係長がうなずいた。「まさしく。私も長く刑事をやってきましたが、これほどみごとな猿顔は見たおぼえがありません。どう見ても猿そのものです」

李奈のなかで当惑が深まった。「まってください。さっき犬も撃たれたとおっしゃいましたよね？」

「そうです」瀬尾刑事が真剣なまなざしを向けてきた。「それにスズメ。犯人による発砲が意図的だったとすれば、たぶんキジの代わりのつもりでしょう」

猿、犬、キジ。すると五十代男性が桃太郎か。芥川の短編になぞらえれば、桃太郎は鬼が島で暴虐のかぎりを尽くし、鬼たちの恨みを買ってしまう。よって鬼たちの復讐が始まる。これはその物語に見立てているのだろうか。李奈は思わず唸《うな》った。「五十代男性のかたは、仕事で取引先と不仲だったとか、恨みを買うようなことがあったとかは……」

瀬尾刑事は首を横に振った。「さっきもいったようにトラブルは皆無なんです。温厚で人づきあいがよく、けっして敵を作らない、思慮深い性格の持ち主との評判でした。家族三人も仲良しで、奥様と女子大生の娘さんと、明るく笑いの絶えない暮らしぶりだったと、近所の方々が証言してます」

「奥様と娘さんは旅行中に悲劇を知らされたわけですね……」

「ええ。沖縄のホテルに一週間の予定で滞在していました。事件は四日目に起きたんです。奥様も娘さんも、ずっと旅先におられたことは確認済みです」

「ご遺体との対面は……」

「検視が終わったあと霊安室で……。おふたりとも泣き崩れておられました。七十代の宇戸平幸之助さんのほうは、特に身内もいらっしゃらなくて」

親族の怨恨《えんこん》による犯行ではないのだろう。いや、恨みを買っていたかどうかさえ疑わしい。酔狂な愉快犯という気もしてくる。李奈は瀬尾刑事を見つめた。「五十代男性のかたは、桃太郎に似てらっしゃったとか……？」

瀬尾刑事がまた別の写真をとりだした。「館野《たての》良純《よしずみ》さん、五十三歳。野菜卸売の関連会社で経理を務めておられました」

生真面目で紳士然とした、年齢相応の男性の顔だった。髪は七三分けで面長。童顔ですらない。これといって特徴もなく、没個性的ともいえる。犯人はこの人物を桃太郎に見立てたのだろうか。とてもそうは思えない。

鶴山刑事がいった。「どちらの家も窃盗の形跡なし。侵入経路の解明などはこれからですが、昼間なので鍵《かぎ》は開いていたのかもしれません。犯罪発生率がきわめて低い、平和な住宅街だったので」

李奈は疑問を口にした。「改造ガスガンというのは、一般にでまわってる物なんですか」

「そこは絞りこまれてます」瀬尾刑事が新たな写真をテーブルに追加した。「凶器は持ち去られていましたが、発射に使われた金属弾や、皮膚に残った銃口の痕《あと》から特定しました。これは犯行に使われたのと同じタイプのガスガンです。デトニクス45という拳銃《けんじゅう》を模した輸入品。製造元はアメリカです。全長百七十八ミリ」

写真のなかの物体は、角張った自動拳銃のような形状をしている。李奈には本物とガスガンの見分けなどつかなかった。

鶴山刑事が説明した。「現在は〇・九八ジュール以上の威力を持つと、違法エアガンに指定されます。しかし昔は、準空気銃に区分されるほど強力なエアガンが、ふつうに輸入されていました。なかでもいくつかの銃は改造により、殺傷能力までも得ることが可能です」

李奈は写真に目を落とした。「これがそのうちのひとつですか」

「はい。殺傷能力といっても、ガスを過剰に充塡《じゅうてん》したうえで、至近距離から撃った場合にかぎられます。しかし今回の被害者はふたりとも、首筋の柔らかい箇所に銃口を押しつけられ、BB弾と同サイズの金属弾を撃ちこまれました。犬も腹部を撃たれています」

「そんなガスガンがどれぐらい流通してるんですか」

「そこが問題で……。ずっと野放し状態で、無許可で買えた物なので、正確な数字は把握できていません。代理店を通さず、個人で輸入したコレクターも多かったとか。暴力団事務所から違法改造ガスガンが、大量に押収されたこともあります」

依田係長がため息をついた。「改造済みのエアガンが、ネットオークションに出品、落札されていた時期もあり……。警察としても頭の痛い問題です」

優佳が眉をひそめた。「そんなニュース、あまり見たことがないですけど」

瀬尾刑事が神妙にうなずいた。「宣伝になってしまいますからね。エアガンの商品名までは公表していません。ただ殺傷能力を発揮するには、発射ごとにガスを充填し直し、金属弾一発を装填《そうてん》せねばなりません。連射は不可能なんです。実際の犯行には不向きと考えていたのですが……」

李奈はつぶやいた。「犯人は撃つたび、いちいちガスを充填し、弾も装填したわけですか」

「そうなります」瀬尾がファイルを閉じた。「まったくもって理解不能な犯行ですよ」

「あのう、それで」李奈は瀬尾刑事を見つめた。「わたしはなにを……？」

「現場検証は終わっていますが、まだマスコミに取材を自粛してもらっているうちに、付近一帯の聞きこみなどを進める予定です。そこに杉浦先生も同行していただきたいのです」

「同行？　なぜですか」

『桃太郎』のほかに手がかりもないので、杉浦先生の目で現場周辺を観察していただき、小説との関連性を検証していただけないかと……」

「なんというか、漠然としたご依頼ですよね。曖昧《あいまい》というか……。芥川の『桃太郎』との関連性だなんて、たぶんなにもみいだせないと思います」

「現場を見ていただければ、なにかわかってくるかもしれません」

依田係長が語気を強めた。「お願いします！　被害者の胸の上に『桃太郎』が置かれていたんですよ。なにか意味があるとすれば、そこに気づけるのは杉浦先生しかいません」

李奈はあわてた。「さすがにそんなことはないです。芥川龍之介に詳しい研究者なら紹介できますけど？」

「もうマスコミの取材要請を断りきれない段階なんです。じきに報道されれば『桃太郎』について、興味本位の勝手な臆測《おくそく》が横行するでしょう。情報が錯綜《さくそう》し、事実の解明が困難になるかも知れません。そうなる前に、どうかお力を」

「でも……。わたしにも仕事がありますし、このところスランプで、執筆に集中しないといけなくて……」

優佳がいった。「李奈。気分転換に協力だけしてみたら？」

李奈はじれったい思いで優佳を見かえした。「〆切《しめきり》があるじゃん」

「刑事さんたちの聞きこみにつきあうだけでしょ？　それでわからなきゃ仕方なくない？」優佳が真顔で声をひそめた。「わたし、李奈は唯一無二の才能の持ち主だと思ってるよ。こんなときこそ、その才能を発揮する絶好の機会」

「小説家の才能に恵まれたい」

「実際に事件を解決する経験を積めば、手がけるミステリのリアリティも向上するでしょ」

「でも……」

「地域住民やご遺族のためでもあるし」

それをいわれると弱い。たしかに真相究明を切実に求める人々がいるだろう。そのことを知ったうえで無視はできない。

李奈はおずおずといった。「じゃ時間が作れれば……」

刑事たちがいっせいに頭をさげた。依田係長がひときわ大きな声を響かせた。「ありがとうございます！　杉浦先生のお力を賜り、百万の味方を得た思いです」

……KADOKAWAか講談社あたりから、そういわれてみたい。李奈はひとり虚空を眺めた。謎解きなど片手間にすぎないはずだった。とうとう警察にまで頼られてしまった。

5

とはいえ文学研究となると胸が躍らざるをえない。文庫本を開くだけで気持ちが昂《たか》ぶってくる。岩波文庫、芥川作となればなおさらだった。

阿佐谷のアパートに戻った。李奈はさっそく『蜘蛛の糸・杜子春・トロッコ 他十七篇』の277ページ、『桃太郎』を熟読にかかった。

優佳がついてきて、いまカップ麺《めん》を作っている。キッチンから優佳が声を張った。「被害者は、猿そっくりのお年寄り。犬。キジに見立てたっぽいスズメ。それに芥川の『桃太郎』を胸の上に載せた男性。バカミスの風味だよね」

李奈は奥の部屋でデスクにおさまっていた。苦笑する気になれないまま、李奈は優佳に応じた。「まあね。でもこれは現実だから」

文庫本に目を戻す。芥川は読者が『桃太郎』の原典を知っている前提で、この短編を書いた。原典と変わらない部分は〝今更話すまでもあるまい〟などと省略している。つまり書かれていない箇所、おばあさんが川で桃を拾い、なかからでてきた桃太郎を、おじいさんとともに愛情を注いで育てた、そのあたりは原典と同じだ。

にもかかわらず、この物語の桃太郎は、生来のひねくれ者だったらしい。なぜそうなったかは、育ちに関係なく、桃のなかで生を受けた段階にある。冒頭でそんなふうに匂わされている。李奈は第一節を読みだした。

一

むかし、むかし、大むかし、或《ある》深い山の奥に大きい桃《もも》の木が一本あった。大きいとだけではいい足りないかも知れない。この桃の枝は雲の上にひろがり、この桃の根は大地の底の黄泉《よみ》の国にさえ及んでいた。何でも天地開闢《かいびゃく》の頃《ころ》おい、伊弉《いざ》諾《なぎ》の尊《みこと》は黄最《よも》津平阪《つひらさか》に八つの雷《いかずち》を却《しりぞ》けるため、桃の実を礫《つぶて》に打ったという、――その神代《かみよ》の桃の実はこの木の枝になっていたのである。

この木は世界の夜明《よあけ》以来、一万年に一度花を開き、一万年に一度実をつけていた。花は真紅《しんく》の衣蓋《きぬがさ》に黄金《おうごん》の流蘇《ふさ》を垂らしたようである。実は――実もまた大きいのはいうを待たない。が、それよりも不思議なのはその実は核《たね》のある処に美しい赤児《あかご》を一人ずつ、おのずから孕《はら》んでいたことである。

むかし、むかし、大むかし、この木は山谷《やまたに》を掩《おお》った枝に、累々《るいるい》と実を綴《つづ》ったまま、静かに日の光りに浴していた。一万年に一度結んだ実は一千年の間は地へ落ちない。しかし或寂しい朝、運命は一羽の八咫鴉《やたからす》になり、さっとその枝へおろして来たと思うと、小さい実を一つ啄《ついば》み落した。実は雲霧の立ち昇る中に遥《はる》か下の谷川へ落ちた。谷川は勿論《もちろん》峰々の間に白い水煙《みずけぶり》をなびかせながら、人間のいる国へ流れていたのである。

この赤児を孕んだ実は深い山の奥を離れた後《のち》、どういう人の手に拾われたか？——それは今更話すまでもあるまい。谷川の末にはお婆《ばあ》さんが一人、日本中の子供の知っている通り、柴刈《しばか》りに行ったお爺《じい》さんの着物か何かを洗っていたのである………。

李奈は椅子の背もたれに身をあずけた。雄大な光景が目に浮かぶような描写。物語の幻想性を冒頭で巧みに演出している。

巨大な桃の木は雲の上にひろがり、黄泉の国にまで根を下ろしているのだから、もうすでにこの世のものではない。しかも桃一個につきひとりずつ、赤ん坊が生を宿している。

これらの桃に生まれた赤ん坊が、通常どのように育っていくのかはわからない。桃太郎の桃だけ川に落ちたのは、一羽の八咫鴉による〝運命〟と書かれている。けれどもすべての桃がそのような運命をたどるわけではなく、桃太郎の場合は、あくまで偶然のできごとのようだ。強いていうなら〝運命のいたずら〟か。

李奈は二節へと読み進めた。

二

桃《もも》から生れた桃太郎は鬼《おに》が島《しま》の征伐を思い立った。思い立った訳はなぜかというと、彼はお爺《じい》さんやお婆《ばあ》さんのように、山だの川だの畑《はたけ》だのへ仕事に出るのがいやだったせいである。その話を聞いた老人夫婦は内心この腕白ものに愛想《あいそ》をつかしていた時だったから、一刻も早く追い出したさに、旗とか太刀《たち》とか陣羽織《じんばおり》とか、出陣の仕度に入用のものはいうなり次第《しだい》に持たせることにした。のみならず途中の兵糧《ひょうりょう》には、これも桃太郎の註文《ちゅうもん》通り、黍団子《きびだんご》さえこしらえてやったのである。

桃太郎は意気揚揚と鬼が島征伐の途《みち》に上った。すると大きい野良犬が一疋《ぴき》、餓《う》えた眼を光らせながら、こう桃太郎へ声をかけた。

「桃太郎さん。桃太郎さん。お腰に下げたのは何でございます？」

「これは日本一の黍団子だ。」

桃太郎は得意そうに返事をした。勿論《もちろん》実際は日本一かどうか、そんなことは彼にも怪しかったのである。けれども犬は黍団子と聞くと、忽《たちま》ち彼の側《そば》へ歩み寄った。

「一つ下さい。お伴《とも》しましょう。」

桃太郎は咄嗟《とっさ》に算盤《そろばん》を取った。

「一つはやられぬ。半分やろう。」

犬は少時《しばらく》剛情《ごうじょう》に、「一つ下さい」を繰り返した。しかし桃太郎は何といっても、「半分やろう」を撤回しない。こうなればあらゆる商売のように、所詮《しょせん》持たぬものは持ったものの意志に服従するばかりである。犬もとうとう嘆息しながら、黍団子を半分貰《もら》う代りに、桃太郎の伴をすることになった。

桃太郎はその後《のち》犬の外《ほか》にも、やはり黍団子の半分を餌食《えじき》に、猿や雉《きじ》を家来にした。しかし彼らは残念ながら、あまり仲の好い間がらではない。丈夫な牙《きば》を持った犬は意気地《いくじ》のない猿を莫迦《ばか》にする。黍団子の勘定に素早《すばや》い猿は尤《もっと》もらしい雉を莫迦にする。地震学などにも通じた雉は頭の鈍い犬を莫迦にする。——こういういがみ合いを続けていたから、桃太郎は彼らを家来にした後も、一通り骨の折れることではなかった。

その上猿は腹が張ると、忽ち不服を唱え出した。どうも黍団子の半分位では、鬼が島征伐の伴をするのも考え物だといい出したのである。すると犬は吠《ほ》えたけりながら、いきなり猿を噛《か》み殺そうとした。もし雉がとめなかったとすれば、猿は蟹《かに》の仇打《あだう》ちを待たず、この時もう死んでいたかも知れない。しかし雉は犬をなだめながら猿に主従の道徳を教え、桃太郎の命に従えといった。それでも猿は路《みち》ばたの木の上に犬の襲撃を避けた後だったから、容易に雉の言葉を聞き入れなかった。その猿をとうとう得心《とくしん》させたのは確《たし》かに桃太郎の手腕である。桃太郎は猿を見上げたまま、日の丸の扇を使い使いわざと冷《ひや》やかにいい放した。

「よしよし、では伴をするな。その代り鬼が島を征伐しても、宝物は一つも分けてやらないぞ。」

慾《よく》の深い猿は円い眼をした。

「宝物？　へええ、鬼が島には宝物があるのですか？」

「あるどころではない。何でも好きなものの振り出せる打出《うちで》の小槌《こづち》という宝物さえある。」

「ではその打出の小槌から、幾つもまた打出の小槌を振り出せば、一度に何でも手にはいる訳ですね。それは耳よりな話です。どうかわたしもつれて行って下さい。」

桃太郎はもう一度彼らを伴に、鬼が島征伐の途《みち》を急いだ。


李奈はキッチンのほうに呼びかけた。「優佳。カップ麵できた？」

「まだ」優佳が応じた。「やっとお湯が沸いたから、あと五分ってとこ」

時間の進みが案外遅い。この短編の内容はほとんど記憶のとおりだった。読むのが速いのはそのせいだろう。

芥川は落語を好んだといわれる。事実として芥川の短編には、随所に落語の影響がみられる。多様な作風を駆使する芥川だが、『桃太郎』のように童話をベースにした短編では、落語っぽい表現も顕著になる。この二節は最たるものかもしれない。

桃太郎は土くさい仕事を嫌がった。育ての親であるおじいさんとおばあさんが、たっぷり愛情を注ぎながら育てたにもかかわらず、まったくの恩知らずに成長したようだ。わがままな性格が明らかになる前に、すでに〝腕白もの〟だったと記されている。

童話の桃太郎は、桃から生まれたという不可思議な由来が、生得的な善と結びついている印象がある。だが芥川の『桃太郎』は、桃から生まれたがゆえ、本質的に人間性を欠いている可能性が示唆される。ますます一節にでてきた巨大な桃の木が、どんな役割を持っているのか気になる。
主人公は善、その敵対者は悪とする童話の約束ごとを、芥川は大きく揺さぶってくる。その要《かなめ》というべき三節を、李奈は読みだした。

三

鬼が島は絶海の孤島だった。が、世間の思っているように岩山ばかりだった訳ではない。実は椰子《やし》の聳《そび》えたり、極楽鳥の囀《さえず》ったりする、美しい天然の楽土だった。こういう楽土に生を享《う》けた鬼は勿論《もちろん》平和を愛していた。いや、鬼というものは元来我々人間よりも享楽的《きょうらくてき》に出来上った種族らしい。瘤《こぶ》取りの話に出て来る鬼は一晩中踊りを踊っている。一寸法師《いっすんぼうし》の話に出て来る鬼も一身の危険を顧みず、物詣《ものもう》での姫君に見とれていたらしい。なるほど大江山《おおえやま》の酒顚童子《しゅてんどうじ》や羅生門《らしょうもん》の茨木《いばらき》童子《どうじ》は稀代《きだい》の悪人のように思われている。しかし茨木童子などは我々の銀座を愛するように朱雀大路《すじゃくおおじ》を愛する余り、時々そっと羅生門へ姿を露《あら》わしたのではないであろうか？、酒顚童子も大江山の岩屋に酒ばかり飲んでいたのは確《たしか》である。その女人《にょにん》を奪って行ったというのは——真偽は少時《しばらく》問わないにもしろ、女人自身のいう所に過ぎない。女人自身のいう所を悉《ことごと》く真実と認めるのは、——わたしはこの二十年来、こういう疑問を抱《いだ》いている。あの頼光《らいこう》や四天王《てんのう》はいずれも多少気違いじみた女性崇拝家ではなかったであろうか？。

鬼は熱帯的風景の中に琴《こと》を弾《ひ》いたり踊りを踊ったり、古代の詩人の詩を歌ったり、頗《すこぶ》る安穏《あんのん》に暮らしていた。そのまた鬼の妻や娘も機《はた》を織ったり、酒を醸《かも》したり、蘭《らん》の花束を拵《こしら》えたり、我々人間の妻や娘と少しも変らずに暮らしていた。殊にもう髪の白い、牙《きば》の脱けた鬼の母はいつも孫の守りをしながら、我々人間の恐ろしさを話して聞かせなどしていたものである――。

「お前たちも悪戯《いたずら》をすると、人間の島へやってしまうよ。人間の島へやられた鬼はあの昔の酒顚童子のように、きっと殺されてしまうのだからね。え、人間というものかい？、人間というものは角《つの》の生えない、生白い顔や手足をした、何ともいわれず気味の悪いものだよ。おまけにまた人間の女と来た日には、その生白い顔や手足へ一面に鉛の粉《こ》をなすっているのだよ。それだけならばまだ好《よ》いのだがね。男でも女でも同じように、嘘《うそ》はいうし、慾《よく》は深いし、焼餅《やきもち》は焼くし、己惚《うぬぼれ》は強いし、仲間同志殺し合うし、火はつけるし、泥棒はするし、手のつけようのない毛だものなのだよ……」

四

桃太郎はこういう罪のない鬼に建国以来の恐ろしさを与えた。鬼は金棒《かなぼう》を忘れたなり、「人間が来たぞ」と叫びながら、亭々《ていてい》と聳《そび》えた椰子《やし》の間を右往左往に逃げ惑《まど》った。

「進め！　進め！　鬼という鬼は見つけ次第《しだい》、一匹も残らず殺してしまえ！」

桃太郎は桃の旗を片手に、日の丸の扇を打ち振り打ち振り、犬猿雉《きじ》の三匹に号令した。犬猿雉の三匹は仲の好《よ》い家来ではなかったかも知れない。が、饑《う》えた動物ほど、忠勇無双の兵卒の資格を具えているものはないはずである。彼らは皆あらしのように、逃げまわる鬼を追いまわした。犬は唯一嚙《ただひとか》みに鬼の若者を嚙み殺した。雉も鋭い嘴《くちばし》に鬼の子供を突き殺した。猿も——猿は我々人間と親類同志の間がらだけに、鬼の娘を絞殺《しめころ》す前に、必ず凌辱《りようじよく》を恣《ほしいまま》にした……。

あらゆる罪悪の行われた後《のち》、とうとう鬼の酋長《しゆうちよう》は命をとりとめた数人の鬼と、桃太郎の前に降参した。桃太郎の得意は思うべしである。鬼が島はもう昨日のように、極楽鳥の囀《さえず》る楽土ではない。椰子の林は至る処に鬼の死骸《しがい》を撒《ま》き散らしている。桃太郎はやはり旗を片手に、三匹の家来を従えたまま、平蜘蛛《ひらくも》のようになった鬼の酋長へ厳《おごそ》かにこういい渡した。

「では格別の憐愍《れんびん》により、貴様《きさま》たちの命は赦《ゆる》してやる。その代りに鬼が島の宝物は一つも残らず献上するのだぞ。」

「はい、献上致します。」

「なおその外に貴様の子供を人質《ひとじち》のためにさし出すのだぞ。」

「それも承知致しました。」

鬼の酋長はもう一度額を土へすりつけた後、恐る恐る桃太郎へ質問した。

「わたくしどもはあなた様に何か無礼でも致したため、御征伐を受けたことと存じております。しかし実はわたくしを始め、鬼が島の鬼はあなた様にどういう無礼を致したのやら、とんと合点が参りませぬ。ついてはその無礼の次第をお明《あか》し下さる訳には参りますまいか？」

桃太郎は悠然と頷《うなず》いた。

「日本一の桃太郎は犬猿雉の三匹の忠義者を召し抱えた故、鬼が島へ征伐に来たのだ。」

「ではそのお三かたをお召し抱えなすったのはどういう訳でございますか？」

「それはもとより鬼が島を征伐したいと志《こころざ》した故、黍団子《きびだんご》をやっても召し抱えたのだ。――どうだ？、これでもまだわからないといえば、貴様たちも皆殺してしまらぞ。」
　鬼の酋長は驚いたように、三尺ほど後《うしろ》へ飛び下ると、いよいよまた叮嚀《ていねい》にお辞儀《じぎ》をした。

李奈はため息をついた。読むのを辛《つら》いと感じる四節が終わった。バイオレンス描写といい、桃太郎の理不尽な暴君ぶりといい、反戦文学さながらだった。鬼たちの平和が印象づけられてからの暗転、阿鼻叫喚《あびきょうかん》の地獄絵図。暴力を振るう側に罪の自覚を持たせようとする、そんな意図がうかがえる。日本が軍国主義に傾倒していくなか、芥川は本気で、子供たちへの童話の悪影響を危惧《きぐ》していたのかもしれない。
いや、それは作家論にすぎるだろうか。童話をただひねくれてとらえることで、ブラックユーモアを追求したとも考えられる。

五
　日本一の桃太郎は犬猿雉の三匹と、人質《ひとじち》に取った鬼の子供に宝物の車を引かせながら、得々《とくとく》と故郷へ凱旋《がいせん》した。――これだけはもう日本中の子供のとうに知っている話である。しかし桃太郎は必ずしも幸福に一生を送った訳ではない。鬼の子供は一人前になると番人の雉を嚙《か》み殺した上、忽《たちま》ち鬼が島へ逐電《ちくでん》した。のみならず鬼が島に生き残った鬼は時々海を渡って来ては、桃太郎の屋形へ火をつけたり、桃太郎の寝首をかこうとした。何でも猿の殺されたのは人違いだったらしいという噂《うわさ》である。桃太郎はこういう重ね重ねの不幸に嘆息を洩《も》らさずにはいられなかった。

「どうも鬼というものの執念の深いのには困ったものだ。」

「やっと命を助けて頂いた御主人の大恩さえ忘れるとは怪《け》しからぬ奴《やつ》らでございます。」

犬も桃太郎の渋面《じゅうめん》を見ると、口惜《くや》しそうにいつも唸《うな》ったものである。

その間も寂しい鬼が島の磯《いそ》には、美しい熱帯の月明りを浴びた鬼の若者が五、六人、鬼が島の独立を計画するため、椰子《やし》の実に爆弾を仕こんでいた。優しい鬼の娘たちに恋をすることさえ忘れたのか、黙々と、しかし嬉《うれ》しそうに茶碗《ちゃわん》ほどの目の玉を赫《かがや》かせながら、……

李奈は文庫本から顔をあげ、天井を仰いだ。品川署で見た写真を想起する。宇戸平幸之助という七十六歳の男性。写真は十歳ほど若いころだというが、猿そっくりの顔の持ち主。

芥川の『桃太郎』には〝猿の殺されたのは人違いだった〟とある。むろん桃太郎を殺しに来た鬼が、まちがって猿の命を奪ったという意味だろう。

事件がこの短編に基づく見立て殺人だとすれば、宇戸平幸之助の死は、ただ物語に沿っただけとなる。桃太郎の代わりに殺されてしまったのだろうか。しかし実際の事件では犬も死んでいる。一方でキジの代わりとみられるスズメは一命をとりとめた。犬とキジの運命は逆になっている。

なにより桃太郎。館野良純という五十三歳のサラリーマンが、桃太郎にあたるのだとすれば、鬼は仇討《あだう》ちを果たしたことになる。ここは物語と大きく食いちがう。

鬼が島で独立が画策され、〝椰子《やし》の実に爆弾〟を仕込むというくだりは、妙に生々しく現実的だった。鬼に近代兵器など使えないと侮っていた人類が、いずれどんな目に遭うかを暗示している。これはやはり日本軍が南進政策を推し進めた結果、ゆくゆくは反撃の憂き目に遭う、そう警告しているのだろうか。

あとは物語の締めくくり、最後の六節だった。

六

人間の知らない山の奥に雲霧を破った桃の木は今日《こんにち》もなお昔のように、累々《るいるい》と無数の実をつけている。勿論《もちろん》桃太郎を孕《はら》んでいた実だけはとうに谷川を流れ去ってしまった。しかし未来の天才はまだそれらの実の中に何人とも知らず眠っている。あの大きい八咫鴉《やたがらす》は今度は何時《いつ》この木の梢《こずえ》へもう一度姿を露《あら》わすであろう？ああ、未来の天才はまだそれらの実の中に何人とも知らず眠っている。……

――大正十三年六月――

短編『桃太郎』はこれで終わりだった。李奈は六節を繰りかえし読んだ。〝未来の天才〟とはどういう意味だろう。

〝実の中に何人とも知らず眠っている〟とある。だが〝八咫鴉は今度は何時この木の梢へもう一度姿を露わすであろう？〟とあるからには、それ以外に赤ん坊たちが世にでることはなさそうだ。

〝桃太郎を孕んでいた実だけはとうに谷川を流れ去ってしまった〟のは偶然にすぎない。ほうっておけば社会に放たれるはずもない〝未来の天才〟たちが、桃のなかに眠りつづけている。やはり巨大な桃の木の存在意義こそ、この物語の最大の謎だろう。桃太郎が人の世に出現したのが、たんなる事故にすぎないのなら、いったい桃の木の役割はなんなのか。

おじいさんやおばあさんを失望させ、無情にも鬼たちを虐殺したうえ、道理を語らせれば意味不明。まさしくサイコパスのような人格。桃の木はそんな生命ばかりを宿しているのか。それらがなぜ〝未来の天才〟なのか。

優佳の声が呼びかけてきた。「できたよー」

李奈は立ちあがりダイニングテーブルへと向かった。優佳がカップ麺《めん》をふたつ並べている。どちらも蓋《ふた》の隙間から湯気が漏れていた。

「ねえ李奈」優佳が椅子に座った。「小説家としていわせてもらえば、見立て殺人ってのはたいてい、無責任な編集者とセットだよね」

李奈は思わず笑った。共感できるのは作家だけだろう。優佳の向かいに着席し、李奈はうなずいた。「世間になにかが流行《はや》るたび、それになぞらえた殺人事件が起きるとか、そういうプロットを作ってくださいっていわれるよね」

「そう。ヒット曲の歌詞どおりに殺人事件が起きるとか。オリンピックがあれば開催地を舞台にしろとか」

「もっと安易に、流行りの物を絡めろっていわれることもある」

「わたしもいろいろ提案された」優佳は実例を挙げ連ねた。「ホテル女子会殺人事件またはホカンス殺人事件。マフラープリ殺人事件。放課後イルミ殺人事件」

李奈はカップ麵の蓋を開けた。「わたしも。アセアセ殺人事件なんてどうってきかれた。きまZ殺人事件とか」

「ダサいうえに寒いよね。どうあってもラノベを女子高生に売りたい、おっさんどもの冷や水って感じ。いわれたとおり流行歌をもとに、見立て殺人を書いたりしたら、そのあとが最悪。『なんで犯人はこれに見立てる必要があった?』って編集者がマジにきいてくる」

「でも動機づけは難しいよね。誰かを殺す動機はあっても、なぜわざわざ見立て殺人にしたのかっていう」

「『そして誰もいなくなった』は? なんでマザーグースの童謡になぞらえたんだっけ」

「生存者たちに心理的恐怖をあたえることも懲罰のひとつっていう……。それぐらいかな。よくあるのは、先入観による標的候補や犯行順序の攪乱《かくらん》とか。いちおうちゃんとした理由がないと、ミステリとして成立しないよね」

「ヴァン・ダインの『僧正殺人事件』は？　あれひどくない？」

李奈は苦笑した。「優佳。麺が伸びるよ。たしかにあれが動機なら、なんでもあり……」

インターホンのチャイムが鳴った。李奈は言葉を切った。優佳が箸《はし》を置き、玄関ドアへと駆け寄った。

ドアが開くと、兄の航輝の声がきこえてきた。「ああ、どうも。那覇さん」

最悪なことに母の声がつづいた。「こんにちは、初めまして」

いらっとして李奈は立ちあがった。部屋に入ってきたのは、弁当入りのレジ袋をさげたふたりだった。スーツ姿の航輝、先日とは別のロングワンピースを着た母。ふたりとも悪びれたようすはなかった。

航輝が快活にいった。「ちょうどよかった。弁当を多めに買ってきたんだよ。那覇さんもよかったら一緒に」

「あ」優佳が戸惑いをしめした。「いまカップ麺を作っちゃったところで……」

母がずかずかとあがってきた。「いいじゃないの。焼売《シューマイ》弁当や餃子《ギョーザ》もあるし。ラーメンとも合うでしょ。まず手を洗わなきゃ」

優佳が流しに駆けていき、鍋《なべ》をどかした。「どうぞ」

「ありがとう」母はにっこりと笑った。李奈をちらと見たものの、母は足ばやに優佳に合流した。

李奈は近くにいる航輝にささやいた。「お兄ちゃん……」

「まあまて、李奈」航輝がこわばった顔で応じた。「お母さんはしばらくこっちで東京見物することになった」

「なにそれ。きいてない」

「だからきょう報告しに来たんだよ。俺の部屋、2DKだろ。お母さんを泊めてあげたら、すっかり居心地のよさを味わったらしくて」

「断ってよ。わざわざパートを休んでまで滞在する気？」

「追いかえせっていうのか？　お母さんが可哀想じゃないか」

李奈は言葉に詰まった。「だけど……」

「いいから。お母さんの好きにさせとこうよ。李奈の仕事ぶりを見るうちに、説得をあきらめるかもよ」

「あくまで説き伏せることが目的の滞在だったらどうすんの……？」

母はまるで実家にいるときのように、テーブルに弁当を並べた。「航輝。李奈。ご飯食べよ」

航輝が流しに向かいだした。「さ、手を洗おうっかな」

近づいてきた優佳が心配そうにささやいた。「李奈。だいじょうぶ？」

「……どうせ明日《あした》から、刑事さんたちと聞きこみに行く」李奈はつぶやいた。「優佳のいったとおりかも。いい気分転換になりそう。ここにいたんじゃ息が詰まる」

6

翌朝は晴れていた。秋めく青空が高くまで澄みきり透過している。二階建て住宅ばかりが建ち並ぶ、素朴な住宅街の生活道路沿いは、きわめて静かだった。クルマの往来もほとんどない。

駐車禁止の標識のない道端に、覆面パトカーは停まっていた。李奈は品川署の刑事ふたりとともに、車外に降り立った。鶴山刑事が住民に話を通すため、ひとり先に駆けていった。李奈と瀬尾刑事はクルマのわきで、しばし待機することになった。

どの家の庭先にもひとけはない。平日だけにみな働きにでている。日本のどこにでもある宅地だった。付近にはコンビニどころか自販機すら見かけない。都会の喧噪《けんそう》は一片たりとも紛れこんだりしない。

　とはいえどうも気になる。ここは住宅街の端にあたる。生活道路を挟んだ反対側は、地図上では事業用地に区分されるらしい。工場のように広大な敷地がある。木立の向こうに異様な建造物が見える。形状は合掌造りだが藁葺《わらぶ》き屋根ではない。なんと金いろに光り輝いている。その建物を囲むように四本の塔がそびえる。

　出入口のゲートは、クルマの通行が可能な幅で、生活道路に向いている。いまは固く閉ざされていた。警備員の姿は見えない。敷地内をうろつく人影もなかった。寺や神社ではないようだ。

　李奈はきいた。「あれはなんですか」

　瀬尾刑事がその方角を一瞥《いちべつ》した。「愛友心望《あいゆうしんぼう》という団体の施設です」

「宗教団体ですか」

「いえ。宗教法人としての登記はありません。ヨガ教室と心理カウンセリング、整体、東洋医学と漢方を売りにする会社だとか」

「どう見てもインパクトのある外観ですよね。住宅街にも調和してないですし」

「おっしゃるとおりです」瀬尾刑事が声をひそめた。「先代の経営者が脱税で逮捕されています。二代目社長はその息子です。ヨガ教室や整体院では、利用者の苦情が絶えないとか。高額な年会費の特別会員になるのを強制するなど、阿漕《あこぎ》な商売も目につきます」

「そんな団体がよく敷地を確保できましたね」

「もとは別の企業の所有で、物置を製造する工場でした。そこが立ち退いたのち、葬儀場が入る可能性が高まり、地域の自治会が反対しましてね。ほかに売るよう、地権者の企業に働きかけたところ、愛友心望が購入したと」

「今度は自治会の反対はなかったんですか」

「連日の協議に次ぐ協議で、住民らも疲弊してしまい、葬儀場でなければなんでもいいとの空気だったそうです。ところが建ってみてびっくり、みんな一転して不安になったとか。しかも早朝の騒音です」

「騒音？」

「朝礼のようですが、拡声器で妙な音楽と発声が鳴り響き、太鼓や鉦も打ち鳴らされます。これは新興宗教ではと疑い、住民が抗議したところ、やめる気はないと反発されましてね」

　李奈は不信感を募らせた。「そんな怪しげな団体の拠点があるなんて、きのうはひとことも……」

「警察がむやみに疑うわけにはいかないんです。ですからすべて、杉浦先生にお越しいただいてから、現地でご説明しようと」

事前にカルト集団絡みと説明したのでは、李奈が同行を承諾しない可能性がある。それゆえ事情を隠したとしか思えない。李奈はひそかにため息をついた。思った以上に厄介な状況のようだ。

瀬尾刑事がつづけた。「住民は愛友心望と話が通じず、弱りきっていたようです。そこで館野良純さんが自治会を代表して、先方との話し合いに臨みまして」

「今回亡くなったかたですか？」

「ええ。真面目でおとなしい館野さんが、交渉役を押しつけられたようです。館野さんも断りきれなかったらしく、本来は人と話すのもあまり得意ではなかったそうですが、その役割を引き受けたと……。結果、朝礼が三十分遅く始まるようになりました」

「成果はあったんですね」

「しかし自治会のほうからは、まだ足りないとの不満の声もあがりました。朝礼はやめさせるべきとの意見が多数だったんです。館野さんからは憔悴《しょうすい》のいろもうかがえたそうです。それでもなんとか頑張ってみますと住民に約束したとか」

「お気の毒……。面倒を押しつけられ、ひとりで背負ってたんですね」

「奥さんや娘さんも心配しておられました。事件が起きたのはそんな矢先です」

　きのうはずいぶん情報が制限されていた。ところが疑惑はすでに存在しているではないか。李奈は不満をおぼえた。「そこまではっきりしてるなら、愛友心望を捜査すべきじゃないんですか」

「証拠がありません。じつは経営者一族が、いま大臣を務める衆議院議員とつながりがあり……。もともと巨額の資産により、後援会の立ち上げを援助し、政治家になる後押しをしたようです」

「あー。それで今回の事件でも、マスコミの現地取材を自粛させているという……」

「そうです。殺人事件が発覚した翌日には、テレビの取材クルーがこの辺りをうろつきましたが、愛友心望に関することはどの局もカットしていました。以後は取材自体を遠慮してもらっています」

「でもそろそろ歯止めがきかなくなってるんですよね？」

　瀬尾刑事がうなずいた。「短編『桃太郎』が殺人現場にあったことや、犬やスズメが撃たれたことを発表すれば、もうマスコミは大喜びでしょう。世間の注目度も計り知れません。館野さんと愛友心望とのトラブルも伏せきれなくなります」

「愛友心望は桃太郎を教義に採用してるとか、なにか関係がみられますか？」

「宗教団体ではないので、教義というのは特になさそうです。私どもの調べでは桃太郎との関係は未確認です。しかし整体院では芥川龍之介の『杜子春』を、経営理念のテキストにしていたとか」

「『杜子春』……。お金や地位が幸せのすべてではない、そんなテーマを内包する短編ですけど」

「整体院こそ高額会員の勧誘がさかんで、最も問題視されてる経営部署なんですがね。愛友心望と芥川の関係は、まあそれぐらいです」

「あの『桃太郎』の小冊子は、鑑識が鑑定したんでしょうか」

「もちろんです。付着した血液は館野さん本人のものです。ただ指紋は、硬く滑らかな物体の表面でないかぎり、脂が滲《にじ》んで不鮮明になりがちで」

「ええ。前にほかの刑事さんも、そうおっしゃっていました」

「残念ながら指紋や皮膚片、DNA鑑定可能な分量の汗などは、館野さんのものだけでした。宇戸平さん宅と館野さん宅、どちらの現場からも、犯人の痕跡《こんせき》は検出されていません」

「そんなことありうるんですか?」

「科学捜査は万能視されがちで、警察もふだんそのように吹聴《ふいちょう》しますが……。実際には難しいことも多いんです。髪の毛一本拾えなかったりします。突然押し入って、すぐに犯行に及び、間髪をいれず逃げおおせる輩《やから》もいますからね」

手詰まりだからこそ、警察は『桃太郎』を重視し、売れないラノベ作家にまで頼ろうとしたのだろう。マスコミが世間を騒然とさせる前に、できれば愛友心望以外の真犯人を挙げたい、そんな捜査陣の思惑も浮き彫りになった。

事態は予想よりはるかに深刻だった。李奈は関わったことを後悔した。責任が重すぎて、なにひとつ発言できないかもしれない。

鶴山刑事が駆け戻ってきた。なぜかその後ろを、六十代ぐらいの婦人がひとり、ゆっくり歩いてくる。だぶついた大きめのチュニック姿だった。

背後を気にしたようすもなく鶴山刑事がいった。「自治会長さんがおられました。在宅のご近所さんたちに、事前に連絡してくれています。スムーズに話がきけそうです。宇戸平さんはひとり暮らしでしたから、家のなかも見られますし、館野さんの奥様も自宅におられます」

瀬尾刑事がきいた。「あのご婦人は？」

ようやく鶴山刑事が後方を振りかえった。向き直ってから鶴山は苦笑した。「宇戸平さん宅の裏に住む、日村美枝子《ひむらみえこ》さんというかたです。とても喋《しゃべ》り好きで、いったんつかまると長くて」

日村美枝子なる婦人は笑顔で歩み寄ってきた。「こんにちは。警察のかたですか。ご苦労さまです」

どうも、と瀬尾刑事が頭をさげた。李奈もそれに倣った。

ふいに美枝子は目を瞠《みは》り、李奈をまっすぐ見つめてきた。「あら。あなた、テレビにでてた人じゃない？　岩崎翔吾《いわさきしょうご》事件のときに」

これぐらいの年齢で、ふだん家にいる女性は、杉浦李奈を記憶している確率が高い。テレビをよく観ているからだ。李奈は恐縮しながら、もういちどおじぎをした。

美枝子が関心をしめしてきた。「またなにか取材？　わたし、あなたの本は買わなかったけど、ワイドショーはよく観てたのよ」

「そ、それはどうも……」

瀬尾刑事が咳《せき》ばらいをした。「日村さん。警察にご協力いただき、大変感謝しております。ではほかの家もまわらねばなりませんので」

「そうですか」美枝子はとりとめもなく喋りつづけた。「こんなふうに平穏が訪れるなんて、まったく人生はわかりませんね。館野さんはお気の毒でしたけど、夜もぐっすり眠れるぐらい静かになったんですから、不幸中の幸いとはまさにこのこと」

李奈は気になった。「どういうことですか?」

するとと瀬尾刑事が耳もとでささやいた。「いわゆる近隣トラブルです。宇戸平さんが昼夜問わずうるさかったようで」

美枝子が興奮しだした。「うるさいなんてもんじゃないですよ! あれはもう、こういっちゃ悪いですけど、お顔からして……」

いいにくそうにしているが、もういったのと同じだろう。鶴山刑事がぼそりと告げた。「猿」

「あら! あなた、亡くなった人をそんなふうにいったら、それはちょっとまずいでしょ。でもほんとそのとおり。猿の声っていうと、ウッキーって想像するでしょ。そんな可愛いもんじゃないの。キー! もう甲高く響き渡るの」

李奈は妙に思った。「宇戸平さんが生前、そんな声を発しておられたんですか?」

「そうよ。それも一回で終わらないの。歯ぎしりしたまま叫ぶみたいに、キー! キー! キー! だんだん声が大きくなる。暴れてるのか物音もするし」

「お顔だけじゃなく、声も行動も猿っぽかったってことですか」

「そんなに露骨にいっちゃ不謹慎でしょ。でもたしかに、そうとしかいいようがなくてね。いったんスイッチが入ると、キーキーうるさくてしょうがない」

「わざと猿の真似をしてたんでしょうか」

「わたしも最初はそう思ってたけど、あまりにもしつこいし、たぶんちょっと……ね。そういえば前にテレビで観たけど、イギリスかどっかの大学教授が、テナガザルの血液を自分に打ったせいで、変なふうになっちゃったそうよ。その人自身が猿みたいに振る舞いだしたとか」

フェイクニュースだろう。元ネタはコナン・ドイル著の短編だ。李奈は話題を引き戻した。「宇戸平さんのその声は、日村さん以外の住民のかたがたも、きいたことがあるんでしょうか」

「あるもなにも、自治会で繰りかえし議題になってたの。昼間はでかけてる家が多いけど、夜中の場合はね、七丁目の隅々まで届くのよ。いちど警察沙汰《ざた》になって、そのときに注意してもらったんだけど、いっこうに改善の余地がなくてね」

「警察沙汰というと、声がうるさいと通報があったんですか」

「いいえ。宇戸平さんって、ぶらりと外にでかけては、いろんな物を拾ってくるの。ぜんぶ家の庭に置いとくから、もう一見してゴミ屋敷。そのうち拾ってきちゃいけない物を拾ってきて、庭にあるのが見つかって、おまわりさんが来て」

「どんな物ですか？」

「ええと、八丁目にあるスナックの置き看板……だったかしら。ずいぶん遠い距離だけど、あの人リヤカーを引きながら歩くから、最初《はな》から窃盗の意思ありよね」

「外を歩くときにも、猿みたいに叫んだりしたんでしょうか」

「まさか。いつも不愉快そうに、周りを睨《にら》みつけながら歩くから、顔はほんとに猿っぽかったけどね。外では鳴いたり暴れたりはしませんでしたよ。機嫌がいいときもあって、こんにちはとか、ぼそぼそと挨拶《あいさつ》してきたりもして」

瀬尾刑事が割って入った。「自治会長をまたせっきりでは悪いので、そろそろ行きませんと」

ふたりの刑事が李奈をうながし、さっさと歩きだす。不意を突く巧みなフットワークのおかげで、美枝子についてくる隙をあたえない。一瞬だけ美枝子は戸惑いをしめしたものの、その場に留《とど》まったまま、笑顔で手を振りだした。

「今後も頑張って！」美枝子は李奈に励ましの声をかけてきた。「本も読みますからね。ええと、たしか櫻木さん。櫻木沙友理さんだったわよね⁉」

立ちどまったりすれば、また会話が再開しそうだ。李奈は刑事とともに歩きつづけた。

鶴山刑事が李奈を気遣うようにささやいた。「たぶん若い女性作家のお名前として、うろおぼえなんでしょう。あとで訂正しておきます」

「だいじょうぶですよ」李奈は微笑してみせたものの、すぐに表情が曇るのを自覚した。櫻木沙友理になりたい。

7

自治会長は禿《は》げ頭のこめかみに白髪を残す、中山義昌《なかやまよしまさ》という七十代ぐらいの男性だった。ワイシャツにスラックス姿で現れた中山は、会社を定年になって以降、自治会の運営に精をだしているという。

中山の家は、住宅街のなかの生活道路を奥深く入った先にある。悲劇の現場のひとつ、宇戸平幸之助の家は南品川七‐一七‐二二。七丁目界隈《かいわい》では端に位置する。生活道路を挟んだ向かいは、愛友心望の施設だった。宇戸平邸は角地ではない。道沿いに連なる家々の真んなかに位置している。

自治会長の中山が案内しながらいった。「事件以降、愛友心望さんも朝礼をやめてくれたのは、おおいにありがたいことです。いろんな意味で静かになった」

いろんな意味で。宇戸平幸之助による猿のような奇声も含むのだろう。李奈は中山自治会長につづき、道沿いを歩きながら、ぼんやりと考えた。さっき日村美枝子は不幸中の幸いといった。彼女は愛友心望に言及しなかった。けれども朝礼の中止も歓迎していたにちがいない。

ふたりの刑事が歩調を合わせていた。瀬尾が中山にきいた。「被害者おふたりのほか、動物が二匹ほど撃たれたのはご存じですね？」

「ええ。でもご忠告のとおり、いちどテレビの取材がきたときにも、その話はせずにおきましたよ。面白がられちゃ迷惑なんでね。猿に犬に、キジならぬスズメとか。あ、ここです」

中山が足をとめた。そこはブロック塀に囲まれた、粗末な造りの古家だった。いちおう二階建てだが、老朽化が激しく、屋根瓦《やねがわら》の一部が崩落している。雨漏りも激しいと思われた。土地面積は三十坪ぐらいか。庭はまるでスクラップ置き場だった。薄汚れた家電から、布が破れたソファまで、無数の粗大ゴミが山積みになっている。バス停に置いてあるようなベンチもあった。背もたれに広告が見える。

スズメの鳴き声がこだまする。ブロック塀にも粗大ゴミにもスズメが舞い降り、さかんに嘴《くちばし》でつついている。やや不衛生なのかもしれない。

李奈はきいた。「ひょっとしてスズメが撃たれたというのはここですか」

するとほかの男性の声が答えた。「そうですよ。うちとのあいだの塀にとまってたスズメだと思います」

隣の一七‐二三の住宅から、やはり定年後の年齢と思われる、小太りの男性が現れた。男性が道沿いを歩み寄ってきた。「撃たれたスズメはうちの庭に落ちてたんです」

中山自治会長が男性を紹介した。「武藤庄太《むとうしょうた》さんです。去年まで自治会の実行委員でした」

武藤が軽く会釈した。刑事たちとも知り合いらしく、武藤は瀬尾にたずねた。「現場検証は終わったんでしょう?」

瀬尾刑事がうなずいた。「きょうは聞きこみをしてます。こちらは小説家の杉浦李奈先生」

「小説家?」武藤は妙な顔をしたものの、それ以上は李奈に関心をしめさなかった。瀬尾刑事に向き直り、宇戸平邸のゴミの山を指さした。「捜査が終わりしだい、これらを撤去してもらえますか」

「警察のほうではなんとも……。自治会から行政に相談してみてはどうですか」

「埒《らち》が明かないからお願いしてるんです。台風が来ると、ゴミの山が崩れて、路上にあふれたりするんですよ。うちの敷地にもいつなだれこんでくるか」

「そういえばこのゴミの山、武藤さんの家に近づくほど、高く積まれてますね」

「理由はあれです」武藤が不満げに頭上を仰いだ。「うちの木の枝はけっして、宇戸平さんの土地に入りこまないようにしてきました。でも宇戸平さんはゴミの山に登り、枝についた実をもぎとるんです。そのための足場なんですよ」

それは柿の木だった。とはいえまだ実は青く小さかった。今年はまだ被害に遭っていないようだ。熟していないからだろう。

李奈は呆気《あっけ》にとられた。「宇戸平さんは柿を盗んでたんですか」

「はい」武藤は真剣な表情で応じた。「なにを連想したかはわかるよ。まさしく『猿蟹合戦』の猿です」

瀬尾刑事が李奈に目を向けてきた。「芥川の短篇集を買って気づいたんですが、あの本には『桃太郎』のほかに……」

「ええ」李奈はうなずいてみせた。「『猿蟹合戦』という短編も載っています」

『桃太郎』のふたつ前、259ページからの四ページが『猿蟹合戦』だ。やはり芥川龍之介による童話パロディーだった。童話の後日談として、蟹《かに》と仲間たちは猿殺害の容疑で逮捕され、投獄されてしまう。主犯の蟹は死刑になり、共犯者らは無期徒刑の判決を受ける。

世論は蟹たちに同情せず、非難ばかりが寄せられる。死刑になった蟹の遺族たちも、のちに不幸のどん底に叩《たた》き落とされた。蟹の側に正義があっても、猿と戦えば天下に殺される運命だという、世の不条理を描く物語だった。短編は読者へのメッセージで締めくくられる。〝語を天下の読者に寄す。君たちも大抵蟹なんですよ〟と。

李奈はつぶやいた。「童話の『猿蟹合戦』では、まだ熟していない青くて硬い柿を、猿が蟹に投げつけて……」

「蟹は死亡」武藤が鼻を鳴らした。「うちにも妻と息子がいますが、さすがに宇戸平さんも、うちに実を投げつけることはしませんでしたよ」

「柿を盗まれたことに抗議なさいましたか」

「もちろんです。警察に通報したこともあります。交番の巡査がひとり、自転車でぶらりと来て、宇戸平さんと話しただけでしたが……」

「そのときの宇戸平さんの反応は？」

「平身低頭謝ってました。警察官にはね。私たちは無視ですよ。ふだんから夜中に妙な叫びを発したりするし、あまり深入りはせずにおこうと思って、それきりでした」

「いつごろからそんなことがあったんですか」

「四、五年ぐらい前からですかね……。ゴミの山もそのころから築かれだしたと思います」

瀬尾刑事がいった。「捨ててある物を拾ってきて、自宅をゴミ屋敷にしてしまう人は、全国的に増えてます。多くは高齢者のひとり暮らしです。孤独や疎外感に精神疾患が重なるせいともいわれます」

武藤が同意をしめした。「宇戸平さんもそうだったと思います。奥さんに先立たれてから問題を起こすようになったので。ほかに身内もいなそうでしたし」

中山自治会長は苦笑いを浮かべた。「いちど宇戸平さんが粗大ゴミを持ち帰るのを、この近所で見かけたことがあります。リヤカーにたくさんゴミを積んでいてね。鬼が島から帰る桃太郎が、宝物をいっぱい運ぶさまにそっくりで」

面白がる気にはなれない。だが他人の目にそのように映った、それはたしかなのだろう。宇戸平はわざとやっていたのではないか。李奈は武藤に問いかけた。「猿っぽい振る舞いは、宇戸平さんが故意におこなってたんでしょうか。『猿蟹合戦』や『桃太郎』を意識してたとか」

「なんのために?」武藤が顔をしかめた。「私はそんなふうに思いません。顔が猿に似てたのは事実ですし、癇癪《かんしゃく》持ちなところも猿っぽくはありました。おまけに偶然うちが柿の木を植えてて、宇戸平さんはそれを盗んでた。共通項はそれぐらいです」

偶然の一致としては充分多い。しかしそこまでの段階にかぎれば、童話の猿にそっくりの変わった人がいたという、笑い話のレベルに留《とど》まるだろう。問題は殺人事件が起き、遺留品により『桃太郎』との関連が深まったことだ。むろんそちらは犯人による作為にちがいない。

李奈は武藤を見つめた。「宇戸平さんが猿に似てると意識してた人は、何人ぐらいいると思いますか」

「さあね」武藤は中山自治会長に視線を移した。「自治会でもみんな噂してましたよね」

中山が禿《は》げ頭を掻《か》いた。「住民どうしの雑談にしろ、親戚《しんせき》との茶飲み話にしろ、格好の話題だったことは認めますよ。あんなに猿っぽい人が本当にいるんだねといいだせば、それなりに盛りあがるので」

李奈はさらにきいた。「猿蟹合戦はどうですか。柿泥棒になぞらえて、そんな喩《たと》えも頻出しましたか」

武藤が面白くもなさそうに応じた。「柿の盗難については、私が自治会の議題に提案したので、地域住民の多くが知っています」

「宇戸平さんも自治会の会合に参加してたんですか」

「いいえ」中山自治会長が否定した。「あの人は自治会員じゃありません。奥さんが亡くなってから脱退したんです。最高裁の判決で自治会の加入は任意だとか、そんなふうに強弁してきました。自治会はなにもしてくれないともいってましたね」

武藤がためらいがちに告げてきた。「中山さんには申しわけないんですが、宇戸平さんの意見にも一理あるとは思います。私の相談も、あまり真剣にとりあってもらえませんでした。自治会は愛友心望の問題にかかりきりでね」

李奈は疑問を口にした。「でも愛友心望との協議は、亡くなった館野さんにまかせっぱなしだったんですよね？」

中山も苦い顔になった。「最初は私や副会長から、愛友心望に話し合いを要請してたんですが、なんともつきあいづらい人たちで……。館野さんは今年の実行委員のひとりだったので、責任を押しつけてしまったところはあったかと思います」

「副会長さんというのは……？」

「坂崎湯治《さかさきとうじ》さん。七‐六‐十八に住んでます。私の近所です」

この道沿いではない。会長も副会長も、宇戸平幸之助の奇声やゴミ屋敷について、直接の被害に遭ってはいなかった。愛友心望の朝礼の騒音にしろ、あるていど離れている。

ここは騒動の最前線だった。ふたりの死者がでたのは、住宅街と団体施設の境界近くだ。李奈はいった。「たしかにこれが報じられたとたん、話題は全国に広まるでしょうね……」

武藤はさばさばした態度に転じた。「故人を悪くいいたくはないですが、うちとしては因果応報だと思うだけです。いかにも猿蟹合戦の結末ですよ。あとはゴミの山が処分されれば文句ありません」

芥川版『猿蟹合戦』を知らないのだろう。李奈はわざわざそのことに触れたりはしなかった。武藤が芥川版の結末を喜ぶとは思えない。

瀬尾刑事が李奈にきいてきた。「なかをご覧になりますか。家に入らなくても、現場は外から覗《のぞ》けますよ」

ここまで来て情報を得る機会をスルーできない。李奈はうなずいた。「お願いします」

宇戸平邸の庭は、ゴミの山に埋め尽くされているようで、玄関への動線だけはしっかり開けてあった。左右に堆《うずたか》く積まれた粗大ゴミの谷間を、一列になり奥深く分け入る。

玄関ドアが出現した。そこから壁づたいに移動すると、サッシの掃きだし口があった。鶴山刑事が手をかける。「さっき鍵《かぎ》を開けておきました」

サッシは横滑りに開いた。なかは六畳の和室で、やはり雑多な物が入れこんであったが、ほとんど壁際に押しやられている。掃きだし口に近いほう、畳二枚ぶんぐらいのスペースが空いていた。そこに血痕《けっこん》らしき褐色の染みがひろがっていた。

瀬尾刑事が室内を指さした。「宇戸平さんはそこに仰《あお》向けに倒れてました。犯行当時このサッシは開いていたようです。奥の物を整頓《せいとん》しようと、掃きだし口に背を向け座っていたとき、誰かが背後から忍び寄った。首の斜め後ろにガスガンの銃口を当て、引き金を引いた。宇戸平さんは仰向けに倒れた」

鶴山刑事がうなずいた。「畳のわずかな凹《へこ》みや、埃《ほこり》の舞い散りぐあいなどから、そうみてまちがいありません」

李奈はきいた。「ガスガンは発見されてないんですよね？」

「ええ。いまのところは」

「宇戸平さんと館野さんは、どちらが先に撃たれたんでしょうか」

「先に館野さん、次に宇戸平さんです。鑑識によると、もし犯人が先に宇戸平さんのところに来ていた場合、かなりの量の埃が身体につくだろうし、そのあと別の場所で犯行に及べば、ここの埃がそっちにも落ちるだろうと」

「同じガスガンが使われたんですか?」

「本物の銃の弾道検査に似た鑑定が、ガスガンでもあるていど可能です。金属弾に圧力がかかった痕跡《こんせき》や、銃身から飛びだすときにつく微妙な傷など、個体差によって生じる特徴が一致しました。犬やスズメを撃った弾も同様です」

中山自治会長が眉《まゆ》をひそめた。「刑事さんたちは、このお嬢さんにおうかがいを立ててるのですか? まるで上司か、小説の探偵みたいですが。またなんでそんな……?」

瀬尾刑事が説明しだした。「芥川の『桃太郎』……」

李奈はとっさに手をあげ、瀬尾を制した。「館野さんのお宅も拝見しましょう」

じつはラノベ作家にすぎないという身の上をからかわれたくない。滑稽《こっけい》な状況は百も承知だ。李奈はそそくさとゴミの山の谷間を舞い戻っていった。

8

武藤がいつしか姿を消しているのに気づいた。自分の家に戻ったのだろう。李奈は刑事ふたりと自治会長の四人で、また道路沿いを移動していった。武藤の家とは逆方向へ三軒隣、住所は一七－一九、館野邸に着いた。

大きくはなく外観も質素だが、綺麗《きれい》に保たれた二階建てだった。庭も狭めながらガーデニングに凝っている。半分ほどはコンクリート敷のガレージで、ミニバンが停まっていた。

瀬尾刑事がインターホンで挨拶《あいさつ》すると、女性の声が控えめに、どうぞと応じた。小さな門扉を押し開け、四人はなかに進んだ。

そのとき李奈は視界の端に、隣の家の庭先をとらえた。境界フェンスは低めで、しかも網状にすぎないため、隣のようすがはっきり見通せる。庭の犬小屋の前に、三十代ぐらいの女性がしゃがんでいた。五歳前後の男の子もいる。ふたりは神妙な顔で犬小屋を眺めている。線香らしき煙が漂っていた。

隣のふたりが気になったものの、まずは館野邸を訪ねる必要があった。玄関ドアが開いた。刑事たちがおじぎをする。自治会長も穏やかに声をかけた。李奈は頭をさげた。

黒いワンピース姿、痩《や》せた五十代ぐらいの女性が、亡き館野良純の妻だった。目が充血しているうえ、瞼《まぶた》が腫《は》れぼったい。泣き明かしたのがわかる。館野清美《きよみ》は疲弊しきった面持ちながら、四人をなかに迎えた。

リビングダイニングルームに隣接する、小上がりの和室に後飾り祭壇があり、骨箱が安置してあった。そこで手を合わせたのち、一行は隣の部屋に移った。そちらが犯行現場だった。

洋間だが広さは四畳半ほどか。書斎として使われていたとわかる。小ぶりなライティングデスクと本棚だけで、もう部屋のなかはいっぱいになっていた。窓はひとつだけで、カーテンが開いている。飾りけのない家具といい、本棚を埋め尽くすビジネス書といい、生真面目な性格を物語る。妻の話によると、夫は特に趣味を持たず、仕事ひとすじに生きてきたらしい。

中山自治会長も思い出を語った。「館野さんは紳士だったよ。物腰が柔らかくて、いつも微笑んでいて、気遣いに満ちた話し方をする」

「ええ」館野清美が力なくうなずいた。「家でもずっとそうでした。仕事の愚痴もいっさいなく、苛立《いらだ》ったりもしません。わたしや娘の稜楓《りょうか》にも、どんなときもやさしくて」

部屋の床はフローリングだが、もう綺麗にしてあった。館野良純はここに倒れていた。喉仏《のどぼとけ》のわきを前から撃たれたという。

妻子は沖縄にいて、館野はひとりきりだった。玄関ドアの鍵が開いていたらしい。

侵入者はこの部屋のすぐ外にまで来たようだ。物音をききつけた館野が立ちあがり、ドアに向かったと考えられる。館野がドアを開けた瞬間、侵入者が銃を首に押しつけ、引き金を引いた。仰向けに倒れた館野が、出血多量で死亡した。

李奈はきいた。「第一発見者はどなたですか」

瀬尾刑事が応じた。「隣の一七－一八に住む駒井《こまい》亮子《りょうこ》さん、六十六歳です」

「隣というと……」

「こっちですね」瀬尾が一方向を指さした。

さっき犬小屋の前に線香を立てていた家とは、反対側の隣だった。李奈は質問した。「駒井さんはどんな経緯で、館野さんが亡くなってるのを知ったんでしょうか」

「回覧板を持ってきたそうです。その一時間ぐらい前、外を散歩する館野さんと会い、挨拶を交わしたとか。ひとりで自宅にいるときき、あとで回覧板をお持ちしますと伝えたと」

中山自治会長がいった。「うちの自治会ではSNSやメールを重視しません。昔ながらの回覧板こそ、住民の交流に役立つとの考えでして」

瀬尾刑事がつづけた。「インターホンを鳴らしたが反応がなく、庭に入ったそうです。声をかけてもやはり返事がなかったので、家のまわりをめぐったところ、そこの窓から室内が覗けたと……」

　たしかに窓の外に立てば、被害者が倒れていた床が見下ろせる。李奈はうなずいた。

「それで通報したわけですか」

「警察官が状況を確認したのち、近所も調べたところ、宇戸平さん宅の状況もあきらかになりました。のちにお隣の飼い犬や、武藤さんの庭に落ちていたスズメも」

「お隣の飼い犬というと」李奈は犬小屋のほうを指さした。「こっちですよね?」

「そうです。一七‐二〇、相葉《あいば》さんの家です」

『桃太郎』と事件の因果関係が気になっている。犬が死んだのが隣とわかった以上、そちらの家族に早く事情をききたい、そんな衝動に駆られる。しかし館野家についても知る必要があった。

　清美によれば、夫は芥川龍之介にも『桃太郎』にも興味がなく、過去にひとことも言及していないという。実際この部屋には小説も絵本もない。性格的にもまるで結びつかないようだ。清美自身も小説は読まないといった。

　二階には娘の稜楓がいた。母の案内で一行は部屋を訪ねた。私立の女子大生で二十歳、稜楓はブラウスにロングスカート姿で、デスクに向かっていた。読書中のハードカバー本を置き、椅子をまわし振りかえる。厳かに立ちあがり、深くおじぎをした。

礼儀正しい振る舞いに哀感がのぞく。

父親同様、室内は綺麗に片付いているものの、質素きわまりなかった。可愛らしいインテリアは皆無、家具はすべて木目調で、フォトスタンドにもヨーロッパの風景写真だけが飾られている。真面目ひとすじの家族だが、親子の情は深いとわかる。母が気遣うように娘に近づいた。稜楓は憔悴《しょうすい》のいろを漂わせながらも、母の清美に寄り添った。

李奈は純粋にうらやましいと思った。うちの母は娘の心に鈍感なうえ無頓着《むとんちゃく》だ。どう声をかけるべきか迷う。李奈はひとまずデスクの上の本を話題にした。「アンソニー・ギデンズの『社会学　第五版』ですね」

稜楓が表情を和らがせた。開いたままの本を手にとる。千ページを超える分厚いハードカバーだった。人見知りっぽさが以前の李奈に近く、ほのかに親近感をおぼえる。稜楓がささやいてきた。「大学の課題で、リポートを提出しないといけないので」

「社会学部ですか」

「そうです。現代文化学科です。『社会学』を読んで、構造化理論を説明しなさいという課題で」

笑みが凍りつくのを自覚する。文芸書には詳しくても、学術書となると一気に脳の働きが鈍る。いちおう『社会学』には目を通したことがあるが、上下段に字がびっしり、翻訳の文章が小難しかった印象だけが残っている。

稜楓の部屋の本棚にも小説がない。もちろん漫画も皆無だった。読書をきっかけに話が弾むのが常だが、きょうばかりは勝手がちがう。ぎこちない会話に、ほどなく刑事ふたりが助け船をだしてきた。事件当日のことをたずねると、稜楓は言葉少なに語ってくれた。

沖縄滞在の四日目、母子はともにホテルで起床し、ルームサービスで朝食をとった。その後はふたりで国際通りにでかけショッピングをした。訃報《ふほう》をきいたのはホテルに戻ったのち、夜になってからだ。遺体が発見されたのは午後三時ごろだったが、瀬尾刑事によれば、警察が妻子の所在を知るのに手間取り、連絡が遅れたという。連絡を受けたふたりは動転しながらも、最終の羽田《はねだ》行に乗り、自宅に帰ってきた。そのころにはもう辺りは騒然とし、黄いろいテープが張りめぐらされていた。

清美と稜楓が大粒の涙をこぼし、しゃくりあげて泣きだした。李奈はそれ以上話をきくのを遠慮した。ふたりの事情聴取は警察が済ませている。この家から得られる情報は、もうすべてあきらかになっていた。

本来なら事件に巻きこまれるはずもない家庭、慎《つつ》ましく勤労勤勉な家族の暮らしだけがある。『桃太郎』とのつながりはまったく見えてこない。

被害者と愛友心望の協議内容が気になる。どうしてもそこを知る必要がでてきた。外にでてから李奈は辺りを見まわした。「この辺りに防犯カメラは……？」

中山自治会長が渋い顔で応じた。「道沿いに街頭防犯カメラがつくことになってました。自治会から地元警察に要請したんです。愛友心望とトラブルが起きたら困ると思いましてね。来月工事の予定でした」

瀬尾刑事も残念そうにいった。「近隣住民に家庭用防犯カメラの有無をきいたのですが、どなたも設置していないんです。犯罪発生率が極めて低い地域ですから、やむをえないかもしれません」

李奈は瀬尾にたずねた。「愛友心望のほうに防犯カメラはないんでしょうか」

「あるにはあるんですが、敷地の奥、建物の周辺の定点カメラでして、前面道路は映ってません。この住宅街へ向かう幹線道路沿いの防犯カメラを、いま虱潰《しらみつぶ》しにあたっています」

香《コウ》のにおいが漂ってくる。李奈は館野家の隣、一七‐二〇の相葉家の庭を覗《のぞ》いた。犬小屋の前に、ひとすじの煙が細く立ちのぼる。もう誰もいなかった。家のなかに入ったようだ。

鶴山刑事がささやきかけた。「犠牲になった犬は、こちらのお宅のペットでして」

やはり。李奈は刑事らを振りかえった。「相葉さんに話をうかがってもよろしいでしょうか」

「もちろんです」鶴山刑事がインターホンのボタンを押した。

相葉邸は二世帯住宅だった。年配の夫婦と娘、その夫が同居している。鶴山刑事によれば、夫はいま失職中で、ハローワーク通いだという。玄関に先ほどの女性と男児が現れた。母親は相葉美月《みづき》、五歳前後の息子は弘眞《こうま》といった。

美月は玄関先に立ち、李奈らとの会話に応じてくれた。憂鬱《ゆううつ》そうに虚空を眺めた美月が、つぶやくように告げてきた。「馬鹿げてると思えるでしょうけど、毎日のようにムギに線香を手向けてるんです。弘眞がそうしてくれというもんですから」

弘眞は母親の脚にまとわりついていた。正確な年齢は四歳。家の奥には美月の両親がいるようだが、ふたりともショックが大きく、いまは休んでいるという。

ムギは柴犬《しばいぬ》だった。番犬としても役に立ったらしい。見知らぬ人と近所の住民を区別し、よそ者には容赦なく吠《ほ》えた。館野家で犯行に及んだのち、犯人が宇戸平家に移動する際、この相葉家の前を通っただろう。ムギが吠えた可能性は充分にある。犯人がムギを撃ったのも、見立て殺人だけが理由でなく、沈黙させる意図もあったと考えられる。

犬小屋のわきの支柱にはリードフックがあり、ムギのリードはそこにつないであった。吠える一方、移動が制限されるムギに対し、犯人はためらわず近づいた。

瀬尾刑事がいった。「ムギの歯に、ごく小さなフェルトの切れ端が残っていました。ドッググローブによく使われる生地です」

ドッググローブ。飼い犬の噛《か》みつきから身を守るための手袋だ。ペット用品店で売っている。やはり最初から犬を殺すつもりだったのか。李奈はつぶやいた。「犯人はムギに片腕を噛ませ、もう一方の手でガスガンの銃口を……」

「ムギの腹に押しつけ、引き金を引いた。おそらくそうでしょう」

美月は涙ぐんでいた。「撃たれるまでの数秒ぐらいは吠えたかもしれません。でもあいにくわたしは弘眞を連れて、買い物にでかけていて……。両親の耳には届かなかったようですし」

李奈は美月を見つめた。「近所にお住まいの方々には、ムギは吠えなかったんですよね？　宇戸平さんには……？」

「ああ」美月はにこりともしなかった。「犬猿のなかでしたよ」

「ってことは……」

「ムギは宇戸平さんを警戒してました。宇戸平さんが通りかかるたび、ムギは激しく吠えました。宇戸平さんが挑発するせいもあったんです。甲高い奇声を発したりするので」

「あのう……。猿みたいに？」

「ええ。キーッて」

「宇戸平さんは悪ふざけのつもりだったんでしょうか」

「かもしれません。なぜか弘眞にはやさしくて、いつも笑顔を向け、声をかけてくるんです。でもなんだか気味が悪くて……。わたしの夫や両親も、宇戸平さんが弘眞に近づかないよう注意してました」

「『桃太郎』をご存じですか」

「もちろんです。弘眞に買ってあげた絵本のなかにも『桃太郎』がありますし」

李奈は弘眞を見下ろした。つぶらな目が李奈を見かえしている。照れたように母親の陰に隠れるものの、かまってほしそうなまなざしを、絶えず李奈に向けてくる。

胸のうちに妙な感触をおぼえた。桃太郎から連想するなら、五十代の会社員よりも、四歳の男児こそ当てはまるのではないか。桃太郎に見立てられたのは弘眞の可能性もある。

芥川版『桃太郎』に沿うのなら、鬼たちは桃太郎に復讐心《ふくしゅう》を抱いている。その前段階として、桃太郎が鬼たちを苦しめねばならないが、もし犯人が身勝手にも、物語の終盤のみをテーマにしていたら。

「あのう」李奈は美月に問いかけた。「弘眞君が危ない目に遭ったようなことはありませんか」

「どういうことですか」美月が怪訝《けげん》そうに見つめてきた。「っていうより、さっきから気になってたんですが、あなたはどちらさまですか。まだお若いし、警察のかたじゃなさそうですよね」

瀬尾刑事が美月に弁明した。「杉浦先生はあらゆる可能性を考え、相葉さんのお宅の安全も案じておられるんです」

「なぜうちの……？　うちが狙われてるという根拠でも？」

李奈はたずねた。「芥川龍之介の『桃太郎』をご存じですか」

「ああ」美月はため息をついた。「あらましはうかがいました。館野さんが亡くなった場所から、そんなような物が見つかったとか……」

「どう思いますか」

「内容はよく知りません。正直、勘弁してほしいと思います。たぶんそのうちテレビなんかで報じられたら、いっぺんに話題になるんですよね。弘眞にインタビューマイクが突きつけられる事態だけは注意しないと」

よい警官と悪い警官、そんな役割分担が日本にもあるのかもしれない。鶴山刑事が醒《さ》めた態度でいった。『桃太郎』の件で弘眞君が脚光を浴びると、お母さんはお考えですか」

「ちょっと」美月は憤りをしめした。「なにをいいだすんですか。弘眞を桃太郎にしたくて、犬だの猿だの撃ったっていうんですか」

鶴山は顔いろを変えなかった。「猿は撃ってないでしょう。宇戸平さんはヒトですよ」

「侮辱するなら帰ってください！」

瀬尾刑事が淡々となだめにかかった。「どうも申しわけありません、うちの者が失礼をいいまして。悪気はありませんのでどうかご容赦ください。つかぬことをうかがいますが、ご両親ともお目にかかれませんか。まだわれわれもお会いしていないので」

「ふたりとも身体を悪くしてるんです。きょうは特に体調が悪いといってます」美月の額に青筋が浮かびあがった。「とにかくお引き取りください」

弘眞が半泣き顔で李奈に手を差し伸べてくる。李奈はその手をとろうとしたが、美月に阻止された。中山自治会長も美月に睨《にら》みつけられ、ばつの悪そうな顔になった。母親と息子は玄関ドアの向こうに消えた。施錠の音が荒々しく響く。

一行は庭を引きかえすしかなかった。からになった犬小屋の前、地面に立てられた線香が燃え尽きようとしている。

路上に戻るや、中山自治会長が鶴山刑事に抗議した。「困りますよ。うちの住民になぜあんな口をきくんですか。まして相葉さんは被害者ですよ」

「どうもすみません」鶴山刑事は刑事らしいふてぶてしさをしめした。「息子さんにインタビューマイクがどうとか、なんとなく気になることをおっしゃるもんですから」

「飼い犬があんな目に遭ったうえ、隣近所でも事件が起きたんです。子を持つ母親として冷静ではいられません。おかしく見えるような振る舞いもありうるでしょう」

「だからといって、両親に会わせないと突っぱねてくるのはなぜですかね」

「それは相葉さんの自由ですよ」

中山と鶴山は口論になった。瀬尾刑事が浮かない顔で李奈にささやいてきた。「『桃太郎』になぞらえるなら、おじいさんとおばあさんが隠居したままじゃ気になりますね。いちどは話をきかないと」

李奈は困惑をおぼえた。見立て殺人について、編集者の指摘は的を射ていた。なぜ見立てるのだろう。『桃太郎』を連想させる犯行に及んだ理由はどこにあるのか。熟考するうち、真剣に悩まざるをえなくなった。悩めば悩むほどひとつの思いが肥大化する。『僧正殺人事件』は好きだが、今回はあの真相はやめてほしい。

9

館野邸を真んなかに、相葉邸とは反対側の隣、一七－一八の駒井亮子宅を訪ねた。やはり家の外観は、どこにでもある小ぶりな住宅にすぎないが、客間に通されて驚いた。ソファとテーブルはいたって普通だが、三方の壁を天井まで、作りつけの書棚が覆い尽くす。棚の奥行は浅めで、文庫の幅に合わせてあった。単行本は一冊もない。徹底して文庫ばかり、おびただしい数の蔵書だった。

六十六歳の駒井亮子は、まってましたとばかりに李奈ら四人を迎え、紅茶を淹《い》れてくれた。刑事ふたりは前にもここに来たらしく、平然とした態度を貫いている。ティーカップには手を伸ばそうとしない。中山自治会長は初訪問のようだ。感嘆の声を発しながら、しきりに書棚を見上げる。

亮子はトレーを胸にあて、テーブルのわきにしゃがんだまま、李奈に微笑みかけてきた。「角川文庫はそちらの棚ですよ。もちろん先生の本もあります」

李奈は驚いた。「わたしの本が？　というより、わたしをご存じなんですか」

「ええ。さっき日村美枝子さんから電話がありましてね。櫻木沙友理先生がお越しだというから、びっくりして部屋を掃除して、お茶のご用意をして」

「あー……。がっかりされたでしょうね」

「そんなことないですよ」亮子が笑った。「美枝子さんは先生をワイドショーで何度もお見かけしたとか、岩崎翔吾事件のノンフィクション作家だとかいってたので……。櫻木先生じゃなく杉浦李奈先生だと気づきました」

「わたしは先生だなんて呼ばれる立場では……」

「とんでもない！　『雨宮の優雅で怠惰な生活』、わたしは大好きですよ。『その謎解き依頼、お引き受けします　～幼なじみは探偵部長～』もよかった。いまは『トウモロコシの粒は偶数』の文庫化を、首を長くしながらまっています」

一瞬にして理性を失わせるぐらいの喜びがこみあげる。感涙とはまさにこのことかもしれない。いまは別の用件がある、そう自覚していても、やはり嬉《うれ》しいものは嬉しい。李奈は胸がいっぱいになった。「ありがとうございます……」

刑事たちは半ばあきれたような反応をしめしていた。瀬尾がいった。「駒井さん。回覧板を届けに行って、館野さんのご遺体を発見なさったことについて、杉浦先生から質問があります」

「いいですとも。なんでもきいてください」亮子が目を丸くした。「やはり今回もノンフィクション本の取材ですの?」

「いいえ」李奈は居住まいを正した。書棚の一角がすでに気になっている。「あの辺りは岩波文庫ですよね?」

「そのとおりです」亮子が立ちあがり、書棚に歩み寄った。「現代日本文学は網羅してあります」

李奈は腰を浮かせた。書店ですっかり目に馴染《なじ》んだ岩波文庫の背表紙が並ぶ。森鷗《もりおう》外《がい》に夏目漱石《なつめそうせき》、幸田露伴《こうだろはん》、正岡子規《まさおかしき》。島崎藤村《しまざきとうそん》、永井荷風《ながいかふう》、泉鏡花《いずみきょうか》。太宰治《だざいおさむ》。そして芥川竜之介。

くだんの短篇集もそこにあった。『蜘蛛の糸・杜子春・トロッコ 他十七篇』。李奈は亮子にきいた。「手にとってもよろしいですか」

「もちろんです。どうぞ」

文庫をそっと引き抜く。まだ真新しかった。巻末の奥付をチェックする。二〇二一年九月六日、第四十二刷発行。初版コレクターではないようだ。277ページを開いてみる。『桃太郎』は切りとられることなく、しっかり存在していた。

瀬尾刑事が座ったまま声をかけてきた。「前に聞きこみにきたとき、その本は調べました。南品川七丁目一七番界隈《かいわい》で、同じ本があるとご返答いただいたのは、こちらのお宅だけだったので」

李奈は瀬尾刑事を振りかえった。『桃太郎』を切り離した小冊子のことも、駒井さんにお話ししてありますか」

「ええ。ご遺体の胸の上に、それらしき物があったことは、駒井さんも見たといっておられます。その後、ポリ袋に入った状態でお目にかけました」

亮子が悲痛な表情に転じた。「なにより館野さんの変わり果てた姿を見たとき……。ショックで卒倒しそうになりました。杉浦先生はどうでしたか？　あの小冊子、じっくり観察なさいました？」

「いえ……」李奈は小冊子を思い起こした。ポリ袋の上からしか見ていない。「最初のページと、短編が終わったあとの白紙のページだけです」

「わたしもですよ。片側がホチキスで二か所留めてありましたよね。丁寧にまっすぐ」

「駒井さんはどう思われますか」

「カッターナイフもまっすぐ引かれたらしくて、綺麗《きれい》に切り離されてましたから、手先が器用な人でしょうね。でもあれはおそらく、誰を殺そうとしたかを曖昧《あいまい》にし、ホワイダニットを隠蔽《いんぺい》するためでしょう」

急にミステリ用語がでてきた。李奈は思わず苦笑した。「標的と理由をごまかすため、見立て殺人に思わせたってことですか」

「そうですよ！　ずばり狙われたのは宇戸平さんです。猿そっくりの振る舞い、お隣の武藤さん家《ち》の柿を盗んだりしてました。なんらかの理由で宇戸平さんを殺《あや》めたがってた人が、動機を悟られまいと『桃太郎』の見立て殺人を装ったんです」

「それなら『桃太郎』でなく、同じ文庫に収録された『猿蟹合戦』を置いたほうが、武藤さんに罪をなすりつけられませんか。蟹《かに》の立場にあたる武藤さんが、猿の宇戸平さんを殺したと」

「たしかにそうですわね」亮子ははっとした顔を向けてきた。「武藤さんが怪しいかも！　『猿蟹合戦』の疑惑を持たれるのを回避すべく、関係のない『桃太郎』にミスリードしようと……」

鶴山刑事が立ちあがった。「盛りあがってるところ悪いんですけどね。駒井さん、事実だけをお話し願えませんか。回覧板を届けに行って、ご遺体を発見したとき、動揺なさいましたか」

「そりゃもう」亮子が即答した。「前にも申しあげましたけど、あわててここに逃げ帰って、しばらく茫然《ぼうぜん》としてましてね。自分が見たものが信じられなくて」

「でも通報なさった」

「ほっとくわけにいかないでしょう。一一〇番するのも困難なぐらい手が震えてました」

「なぜ自分で通報しようと思ったんですか。館野さんの奥様や娘さんが留守なのをご存じでしたか」

「ええ。南の島に旅行に行くときいてましたから。回覧板を届ける一時間前にも、いまはおひとりだって館野さんがおっしゃって」

李奈は亮子にきいた。「どこでお会いになったんですか」

「そこの角です。散歩する館野さんなら、以前からよく見かけました。一日三十分のウォーキングを心がけていらっしゃるそうです。わたしも健康のために外を歩くようにしていましてね」

「さっきのお考えだと、狙われたのは宇戸平さんで、館野さんは巻きこまれただけですか」

「そりゃ館野さんのお宅には、恨みを買うような理由なんかないでしょう。失礼ですけど、つましい暮らしぶりながら、ご家族は真面目ひとすじで、いつも身だしなみや礼儀に気を配っておられました。モラル意識の高いご家族でしたよ。ご夫婦も娘さんも仲が良くて」

「でもご近所以外との人づきあいまでは、あまりご存じでないでしょう?」

「そうでもありません。チャラチャラしたところがいっさいないご家族ですから、安易に友達を作ったりしないらしくて、ふだん人を招いたりもしてないようでした。家族全員が人見知りだったみたいです。だから不審な人の出入りがあれば、わたしが気づきます」

「二軒隣の相葉さんはどうですか。トラブルがあったとかきいていませんか」

「ああ、ムギが撃たれて死んだのよね。可哀想。相葉美月さんのことなら、若いのにしっかりしてて、頼りになる人ですよ。いまどきめずらしい専業主婦ですけど、ご両親の世話もちゃんとしてるし」

「相葉さん家《ち》のおじいさんとおばあさんですか。さっき会えなかったんです。体調が悪いらしくて」

「体調っていうより認知症でしょうね。おじいさんは定年後も、おばあさんとクルマででかけたりしてたけど、何年か前に運転免許を返納なさってね。でも家でぼうっと過ごすことが増えたら、ふたりともかえって認知症が進んじゃったらしくて」

「怪しいところはなさそうでしょうか」

「もちろんですよ。昔から知ってますけど、仲睦《なかむつ》まじいご夫婦です。怪しいといえば宇戸平さんにきまってます」

「宇戸平さんの身の上は、よくご存じなんですか」

「そんなによく知ってるわけじゃないけど」亮子は中山自治会長を見た。「ね？　中山さん。宇戸平さんに奥さんがおられたころには、あんなふうじゃなかったわよね？」

中山がうなずいた。「奇行がめだちだしたのは、宇戸平さんがひとり暮らしを始めてからです。これは私の意見ですが、猿の鳴き声みたいなものも、最初は意識的にやってた気がするんです。猿に似てるってことで一発芸みたいなものかと。ところがそれが癖になったようで……」

亮子はため息をついた。「宇戸平さんも認知症っぽかった。最近はキーッて奇声を、おかしなことをしてるっていう自覚なしに、頻繁に発するようになってました」

「たしかに」中山が神妙な顔で同意した。「認知症だったでしょう。幻覚を見てたのかも」

鶴山刑事は室内をうろつきながら、じれったそうに告げてきた。「あとは愛友心望ぐらいですね。どのような印象ですか」

「愛友心望さん？」亮子があっさりといった。「すごくいい人たちですよ」

ソファに座っていた瀬尾刑事が妙な顔になった。「いい人たち？」

「ええ。地域住民と仲よくしたいらしくて、ここの前の道路も、毎朝掃き掃除してくれてます」

「でも朝礼がうるさかったんでしょう？」

「あー」亮子は笑った。「あんなの夏休みに子供が集まるラジオ体操にくらべたら、たいしてうるさくもありませんよ。気にしてる人がいるのは知ってますけど、ちょっと神経質すぎるんじゃないかと」

瀬尾刑事が首をかしげた。「そう断言するのは、ちょっとちがうかもしれません。われわれも調べたんですが、愛友心望が朝礼に使ってたスピーカーは、一七-二二方面に向いていましてね。武藤さんや宇戸平さん、その裏の日村さんあたりが、うるさく感じたはずです。駒井さんのお宅はそうでもないんでしょう」

「いまは朝礼も自粛してるでしょ？　愛友心望さんが地域に配慮してる証《あかし》ですよ。あの人たちが世間の弱者をいたわらないはずがありません。〝蜘蛛《くも》の糸〟がモットーですから」

李奈の手にはまだ文庫本があった。思わずその表紙に目が落ちる。『蜘蛛の糸・杜子春・トロッコ　他十七篇』。

瀬尾刑事がソファの背から身を起こした。「蜘蛛の糸？　カンダタと蜘蛛の糸ですか？」

「そうです」亮子がうなずいた。「誰でも知ってる話でしょう。ある日、お釈迦《しゃか》様が極楽の蓮池《はすいけ》のほとりを散歩していて……」

雲の切れ間から見下ろすと、はるか下に地獄があった。血の池でカンダタなる男が溺《おぼ》れている。

カンダタは生前、殺人や放火など、凶悪犯罪に明け暮れた大泥棒だった。だがたったいちどだけ善行があった。道端の小さな蜘蛛の命を思いやり、踏み殺したりせず助けてやった、そのことを釈迦は知っていた。

慈悲深い釈迦は、カンダタを救うべく、地獄に向け蜘蛛の糸を垂らした。

血の池で溺れるカンダタは、銀いろの糸が垂れ下がってくるのを見て、無我夢中でつかんだ。地獄から抜けだせる、そう思ったカンダタは、必死に蜘蛛の糸をよじ登った。

ところがカンダタの下からも、大勢の罪人が蜘蛛の糸を登ろうとしてくる。このままでは糸が切れてしまう。カンダタは眼下の群れに叫んだ。この糸は俺のものだ、罪人どもは来るなと。

すると蜘蛛の糸は、カンダタのすぐ上でぷつりと切れた。ほかの罪人らとともに、カンダタは血の池へと転落していった。釈迦は悲しげな表情で立ち去った。

鶴山刑事が李奈の手もとに顎《あご》をしゃくった。「『蜘蛛の糸』も芥川ですよね。この短篇集に収録されてる……」

亮子はここぞとばかりに否定した。「ちがいます。元ネタはポール・ケーラスの『因果の小車《おぐるま》』でしてね。愛友心望さんが信条としてるのは、『因果の小車』の八篇のなかの一篇、『蜘蛛の糸』です」

本好きなら黙っていられない知識を披露してきた。李奈もその本について知っていた。『因果の小車』は鈴木《すずき》大拙《だいせつ》が翻訳時につけた題名で、原題は『Karma : A Story of Buddhist Ethics』という、仏教をテーマにした説話集だ。たしかに芥川は『因果の小車』の『蜘蛛の糸』を題材に、自身初の児童文学を書いた。

ただし『因果の小車』とてオリジナルではない。李奈はいった。「芥川の『蜘蛛の糸』が発表されたのは一九一八年、『因果の小車』の原著が出版されたのは一八九四年です。でもそれより十四年早く、ドストエフスキーの『カラマーゾフの兄弟』が出版されてます」

亮子が目を輝かせた。「さすが杉浦先生。わたしも知ってますよ。『一本の葱《ねぎ》』でしょう」

天界の神は、地獄にひろがる火の湖を見下ろした。生前とても意地の悪かった女が、燃え盛る炎のなかで苦しんでいる。

だが女の守護天使は、彼女がかつて野菜畑の葱を一本、貧民にあたえたのを知っていた。そのことを神に報告する。神は守護天使に、葱を持ってきて、火の湖にかざすように告げる。女の心が清らかならば、その葱によって天国に導かれるはずだ。

女は差しだされた葱を必死につかむ。守護天使が葱を引っぱりあげ、空高く舞い上がろうとする。ところがほかの罪人たちも女にしがみついてきた。女は逆上し、これはわたしの葱だ、放せと怒鳴った。

葱はぷつんと切れ、女と罪人らは火の湖へと転落していった。天使は涙を流しながら飛び去った。

鶴山刑事がいった。「なら愛友心望が信奉しているのは、パクリ本ってことですか」

亮子は不快そうに顔をしかめた。「パクリだなんて失敬な。愛友心望さんは宗教団体じゃないけど、仏教に傾倒なさってるようで、だから『因果の小車』を心の支えにしてるんですよ」

李奈は手にした文庫本のページを繰った。短編『蜘蛛の糸』を探すと、59ページから64ページに掲載されていた。

主人公の名は犍陀多《カンダタ》となっている。『因果の小車』と同じだった。だがこれは芥川による模倣の根拠とされている。『因果の小車』の原著では Kandata となっていたのを、鈴木大拙が〝犍陀多〟と漢字を当てた。〝犍〟はケンまたはコンと読み、カンなる読み方は存在しない。カンと読めない当て字を、鈴木と芥川が偶然どちらも採用するとは考えにくい。

岩崎翔吾が芥川の模倣を指摘していたのを思いだす。実のところ芥川は、横須賀の古書店で『因果の小車』を見つけ、自身の『蜘蛛の糸』を執筆している。すでによく知られるエピソードだ。ドストエフスキーは『一本の葱』について、農民からきいた話だといった。実際には『因果の小車』も、西洋人による疑似インド物語にすぎない。

のちにポール・ケーラスも、『蜘蛛の糸』の原典はドストエフスキーと同じ民話だったと認めている。

愛友心望は非宗教団体のため、本物の経典からの引用を遠慮したのかもしれない。なんにせよ『蜘蛛の糸』はシンデレラ譚《たん》と同じ、世界じゅうに語り継がれる物語にすぎなかった。愛友心望の信条が〝蜘蛛の糸〟だからといって、芥川の『桃太郎』に結びつけるのは短絡的すぎる。

鶴山刑事が訝《いぶか》しそうに亮子にきいた。「ずいぶん愛友心望に詳しいですね」

「会員ですから」亮子が答えた。

瀬尾刑事はソファから立ちあがった。「なんですって？　会員？　前にはそんなことおっしゃらなかったでしょう？」

「入会したのは最近なんです」亮子は隣の部屋に向かった。引き出しを開け閉めする音がした。すぐにまた亮子が姿を現した。パスケースを手にしている。「ほら、これが会員証。特別会員にも誘われてるけど、それはもうちょっとようすをみてからと思って」

鶴山刑事の眉間《みけん》に皺《しわ》が寄った。「誘われてる？」

「社員のかたが勧誘に来るのよ。この辺りもまわってます」

ひとりソファに座る中山自治会長が唸《うな》った。「ひょっとして永西《ながにし》さんという人ですか。うちにも来ました。地域住民からも苦情をきいてます」

「あら」亮子の顔から笑みが消えた。「永西さんは迷惑なんかかけてないでしょう。健康食品の宅配とかイベントへの参加とか、定期的に紹介してくれるだけですよ。受けたくないサービスは受けなきゃいいんだから」

亮子がしめすパスケースには、金の縁取りのある会員証がおさまっている。ずいぶん愛友心望の弁護に熱心と思いきや、すっかり顧客に取りこまれているとわかった。愛友心望についての亮子の発言は、話半分にきいておくべきかもしれない。

すると亮子が見つめてきた。「杉浦先生はどう思われますか？　刑事さんたちは愛友心望さんに偏見を持ってますよね？」

李奈は言葉を濁した。「まだなにもわかりません。実際に訪問しないことには……」

瀬尾刑事が難しい顔になった。「杉浦先生。申しわけないのですが、きょうの聞きこみでは愛友心望を訪ねるわけにいきません」

「なぜですか」李奈はきいた。

「事件直後には何度か迎えいれてもらえたのですが、そのうち警察が嫌いになったらしく……。あの種の営利団体にはよくあることですがね。話があるなら弁護士を通じ、申しいれてほしいといってきてます」

亮子が口を尖《とが》らせた。「きっと刑事さんたちの態度がよくなかったんですよ。なんとなくおかしな団体のようにみなして、犯罪との関わりを疑ったんじゃないですか？」

鶴山刑事が平然と応じた。「それが仕事ですからね」

李奈はもやもやするものを感じた。刑事たちが李奈に聞きこみの同行を求めた、その理由のひとつは、ここ駒井亮子の家だろう。遺体の胸の上にあった『桃太郎』の小冊子。隣の駒井家には無数の文庫本の蔵書。現に芥川の短篇集もある。文学に詳しい人間を連れて来れば、なにかわかるかもしれない、そう期待されていたと考えられる。

しかし李奈が見たところ、亮子は単なる本好きにすぎなかった。世間一般からすれば少数派だろうが、小説読者を対象として働く身からすれば、そういう人をめずらしいとは感じない。むしろいてくれなくては困る。

問題は愛友心望だった。内情がまったくわからなくては先に進めない。李奈はつぶやいた。「なんとか愛友心望にお邪魔できないでしょうか」

亮子が声を弾ませた。「なら永西さんに電話してみますよ」

「……いいんですか？」

「ええ。永西さんはわたしが読書家なのを知ってます。知り合いの有名な小説家が訪問したがってると伝えれば、きっと受けいれてくれますよ。運がよければきょうにでも」

瀬尾刑事が亮子にきいた。「私たちが同行しても?」

「刑事さんたちは駄目です」亮子が嫌悪のいろをのぞかせた。「わたしの信用にかかわるじゃないですか。愛友心望さんに理解のない人たちは紹介できません」

「そうですか」瀬尾刑事は厄介そうに頭を掻《か》いた。「まあ一企業のことですから、警察がどうこういえるわけじゃないですが……。杉浦先生。もし先方が了承したら、訪問なさいますか?」

すでに新興宗教めいてきている。それでも愛友心望の施設は目と鼻の先にある。警察も裏では着々と捜査を進めているのだろう。意見を求められた一般人にすぎない李奈は、知りうる範囲のすべてを知る必要がある。

あまり長引かせられない。小説の執筆にも〆切《しめきり》があるからだ。簡単に事件の真相にたどり着けるとは思えない。しかし情報収集だけでも、できるだけ早く済ませたい。

「行きます」李奈は静かにいった。これがゲームブックなら、行くか行かないかの選択肢で、どちらを選ぶかはきまっている。

10

駒井亮子は永西なる人物に電話してくれた。いま永西は愛友心望の施設内にいるため、李奈とはすぐに会えるらしい。

ふたりの刑事は住宅街の聞きこみをつづけるといった。おもに李奈の立ち会いが必要ないと思われる家を訪ねてまわるようだ。用件を終えしだい、自治会副会長宅で合流する約束を交わした。

李奈はひとり生活道路の向かい、愛友心望を訪ねることになった。駒井邸の外にでると静寂がひろがっていた。たしかに早めに不審な施設を訪ねるのは、理にかなった行為かもしれない。ひとたび事件の詳細が報じられれば、この辺りには報道陣が押しかけ騒然としてしまう。愛友心望も門を固く閉ざすにちがいない。

いま道路に面したゲートは、公園のごとく開放されていた。警備の人影もない。いちおう無断立入禁止の看板があるものの、駒井亮子から話が通っているはずだ。李奈はゲートのなかに歩いていった。

敷地内は緑地化されている。アスファルトの敷かれた私道は、工場だった過去の名残のようだが、密集する木々は新たに植えられたように思える。自然の森も同然に見えてきた。小鳥の囀《さえず》りがきこえる。キジバトのリズミカルな鳴き声もこだまする。

やがて建物の前に着いた。李奈は思わず立ちすくんだ。黄金いろの屋根、合掌造りの平屋。体育館のように大きかった。朱いろの柱が立ち並ぶ回廊が、建物の外周をぐるりと囲む。正面には上りの石段があり、ガラス張りのエントランスへとつづいている。屋内の天井に蛍光灯が点《つ》いているのが、ガラス越しに見てとれる。

なんとも異様な外観だった。趣味はあまりよくない。新興宗教の本部だったとしても、なお風変わりと感じるほどだ。こういう企業はほかにもあるのだろうか。李奈にはわからなかった。小説家としては儲《もう》けものかもしれない。また知らない世界を知る機会に恵まれた。

そのとき出入口のガラス扉が左右に開いた。自動ドアだった。レディススーツ姿の女性がひとり、笑顔で石段を下りてくる。年齢は二十代後半ぐらい、髪を後ろでまとめていた。

「ようこそ」女性はやや芝居がかった声を響かせた。「杉浦李奈先生ですね？　永西志保美《しほみ》です」

先生と呼ばれるのがこそばゆい。永西が女性とは予想していなかった。李奈は頭をさげた。「突然お邪魔して申しわけありません」

「いえ」志保美は大げさに思えるぐらいの笑みをたたえていた。「駒井亮子さんからのご紹介ですし、心から歓迎いたします」

「あの……。わたし、入会希望とかじゃなくて……」

「存じあげております。警察の方々と一緒にお見えになったと、駒井さんからもうかがっております。当会についてお知りになりたいんですよね？　ご説明申しあげますので、どうぞなかに」

「ありがとうございます」李奈はもういちどおじぎをした。

志保美が先に石段を上りだした。李奈は恐縮しながらついていった。エントランスに達すると自動ドアが開いた。

内部は温泉旅館のロビーに似ていた。和洋折衷の煌《きら》びやかな内装、高い天井の広い空間に、スーツ姿の男女が三十人ぐらい整列する。全員が笑顔だった。拍手で李奈を迎える。

李奈は面食らった。志保美が李奈を振りかえり、ふっと微笑したのち、また行く手に向き直り歩きだす。拍手する職員らの眼前を横切っていく。李奈はぎこちなさを承知のうえで、一同に頭をさげながら通過した。

ドアを入った。応接間と展示室が交ざりあったような部屋だった。ソファとテーブル、調度品が据えられたほか、壁を年表や写真のパネルが彩る。専用のライトがそれらの展示物を照らしていた。ガラスケースには年代ものの洋書がおさめてある。金の箔押《はくお》しの題名に『Karma : A Story of Buddhist Ethics』とあった。『因果の小車』の原著だ。

李奈はソファに座らず、パネルの前に立った。「社史ですか」

「ええ」志保美がドアを閉めた。室内にはふたりきりになった。歩み寄ってきた志保美はなおも笑顔だった。「当会の沿革がお分かりになるかと」

年表の最初のほうに坂口安吾《さかぐちあんご》や太宰治、中島敦《なかじまあつし》の顔写真がある。なんだろうと目を凝らしたが、『行雲流水』『尼』『山月記』に書かれた仏教の精神を、愛友心望の発足時の心得とした、そんな説明書きがあった。なんのことはない、直接関わってもいない文豪を、無理矢理年表に絡めている。ほかにも西郷隆盛《さいごうたかもり》や大久保利通《おおくぼとしみち》、明治《めいじ》天皇の写真もあるが、いずれも深い理由はなさそうだった。なんとなくこの団体の性質がうかがえる。

昭和末期に通販の専門会社として業績を伸ばす。平成十七年、株式会社愛友心望に社名変更。業務内容は健康食品や食材の宅配。デイサービス。スポーツジムや高齢者福祉施設の運営。漢方薬の販売。鍼灸院《しんきゅういん》や整体院の経営。心理カウンセラー派遣。全国会員数もうなぎ登りに増えていく。

なんとなく実情がわかってきた。愛友心望の業務実態は会員制のサービス業にすぎない。けれども組織を徐々に宗教団体に近づけ、いずれ宗教法人となることをめざしている。理由は宗教法人が非課税で、さまざまな優遇措置が受けられるから。それ以外には考えられない。

「あのぅ」李奈は慎重に言葉を選びながらいった。「率直におうかがいしますけど……。ようするに営利企業として、収益を追求してらっしゃるんですよね？」

志保美が微笑のまま応じた。「当会は社会奉仕を心がけております。諸法無我、この世は因果関係で成り立っているのです。会員のみならず、すべての人々の幸せを願い、善を尽くすことに当会の喜びがあります」

「ならご近所での悲劇も無視できませんよね」

「ええ」志保美の顔から初めて笑みが消え、憂愁のいろが漂いだした。「まったくお気の毒なことです。心よりご冥福《めいふく》をお祈りいたします」

「警察の捜査には協力なさらないとか」

「誰がおっしゃったんですか？　お役に立てることがありましたら、いつでも前向きに協力させていただきます」

「でも……」

「ただし私服警察官のかたが数名ずつ、ばらばらにおいでになり、毎回同じことをお尋ねになるので、正式なやりとりに限らせていただけませんか、そう申しあげたんです」

「弁護士を介してというのは、そういう意味ですか」

「はい。証言として有効な形式でのみ、回答させていただきますとお伝えしました」

「永西さんのご意思ですか？」

志保美はまた微笑したものの、さっきとは笑みの種類がちがって見えた。「わたしは一職員にすぎませんので、支局長が本部の了解のうえ判断しました」

「ここは支局なんですか？」

「そうです」志保美は営業用の笑顔に戻り、一枚のパネルを指ししめした。「本部は長崎でして、全国に支局がございます」

日本地図のあちこちに支局名が記してある。李奈はきいた。「南品川七丁目を選んだのは、土地が空いていたからでしょうか？」

「さあ。立地の決定は本部の意思ですので、わたしにはわかりかねます。しかしどの地域においても、奉仕の精神を忘れず、住民に愛される支局をめざしております」

「朝礼の音が大きくて、自治会から苦情があったとか」

志保美の表情が曇りだした。「朝礼は全国一律の就業規則でしたが、ほかの支局にくらべ、ここは住宅街に近く……。配慮が足らず申しわけなかったと思います」

「それでも当初は中止になさらず、開始を三十分遅らせるに留《とど》めたそうですね」

「本部がきめることです。まずはその対処により、周辺住民のご理解を賜る方針でした。ただあのような事件が起きましたので、さすがに朝礼は中止になっております」

「亡くなった館野さんが、自治会を代表して協議していたとききましたが」

「ええ。こちらにもよくおいでになりましたよ。会社員のかたなので、平日には都合がつかないことも多かったようで、苦労なさっていました」

「失礼ですが……。愛友心望さんのほうから館野さんのお宅を訪ねるのでなく、館野さんがこちらにいらっしゃってたんですよね？」

志保美はたずねるような表情になったが、すぐに気づいたらしくうなずいた。「おっしゃりたいことはわかります。当会のほうから出向くべきとお考えでしょう。わたしどももそのように申しいれました。しかし館野さんがこちらにいらっしゃるとおっしゃって」

「そうなんですか？」

「ええ。ご近所にきかれたくなかったんでしょう。ものすごい剣幕でお怒りになったので」

「……館野さんがですか？」

「抗議だけではなく、半ば誹謗《ひぼう》中傷に近い内容のことを、一方的に早口でまくしたてておられ……。話し合いはいつも難航しました」

「誹謗中傷とは？」

「わたしどもを詐欺師の集まりだとか、薄気味悪いカルト集団だとか……。子供の教育上よくないし、いずれ凶悪事件を起こしそうだともおっしゃいました。しかしどのような対処を望まれているのか、よくよくうかがってみると、お金で解決してもらいたいとのことで」

「お金……？」

「わたしどもとの境界道路沿いのお宅にかぎり、毎月迷惑料をいただきたいとおっしゃったんです。もちろん一七ー一九の館野さん宅も含んでいます。一七ー二〇の相葉さんのお宅、一七ー二一の田中《たなか》さんのお宅も」

田中という住民の家を、李奈はまだ訪ねていない。李奈はきいた。「駒井さんのお宅もですよね？」

「いえ。駒井さんはご辞退なさいました」

　そんな話が本当にあったのか。駒井亮子に確認しなければならない。李奈は志保美を見つめた。「迷惑料を求めてきたのは、本当に一七－一九にお住まいの館野さんでしたか？」

「どういう意味でしょうか」

「つまり、先日お亡くなりになった館野良純さんでしたか？」

「もちろんそうでしょう……。いえ、身分証の呈示をお願いしたわけではないので、当然そのようにとらえておりましたが」

「館野さんが家におられるところは見たことがないとか？」

「……いえ。わたしもここに通勤しているので、毎朝駅から徒歩でまいりますが、館野さんがお宅からでてくるのを目にしたことがあります」

「亡くなった館野さんにまちがいないと……？」

「葬儀にお焼香にうかがいまして、遺影も拝見しました。当然ご本人でしょう。なにかおかしなところがございますか？」

「いえ。住民の方々の話では、館野さんは温厚で控えめな性格だと」

「さあ。ふだんはどのようにお過ごしかわかりませんが、こちらにおいでになるときには、いつも最初からけんか腰でして。すぐに激昂《げきこう》なさるし、大声で恫喝《どうかつ》なさるので、支局長も困惑しておりました」

「そのようすは記録に残っていませんか？　録画か録音が」

志保美は首を横に振った。「ございません」

「館野さんのほうも、カメラか録音機器を持参しなかったんでしょうか？」

「なにもお持ちにならなかったと記憶しております」

「なら屋外に向けた防犯カメラを拝見できないでしょうか」

「防犯カメラですか？　建物の周辺をとらえているだけですが？　なぜご覧になりたいのですか」

「館野さんが最初からけんか腰で来るというから、どんな顔をして歩いてくるか、映ってるんじゃないかと」

「ああ」志保美は目を細めた。「エントランス前を俯瞰《ふかん》でとらえるカメラはありますが、表情までは判別できないかと」

「映像を見せてもらえないでしょうか」

「あいにくわたしには権限がございません」

李奈はドアのほうをちらと見た。「さっきおられた職員さんたちのなかに、支局長さんはおいでででしたか？」

「おりません。本日は出張中でして」

「では永西さんのほかに、館野さんとの協議に立ち会ったかたは？」

「そうですね……。本日は出勤していないかと」

「いつなら会えるでしょうか？」

「都内のほかの支局と兼務している者が多く、確認してみなければわかりません。しかし館野さんとの協議の状況について、もし疑問がおありなら、奥様にお尋ねになるほうが早いでしょう」

「館野さんの奥様ですか？　館野清美さん？」

「ええ。いちどご夫婦揃ってお見えになりました。おふたりとも同じように怒りっぽい性格のようで」

「清美さんがですか？」

「旦那《だんな》様と同じ主張をなさいました。少々、いえかなり理不尽な誹謗中傷も口になさいました。ご夫婦のあいだでは意見の一致をみていたようです」

「迷惑料の話は、清美さんもご存じだったんですか？」

「当然そうでしょう。おふたりともお金を要求なさっていましたから」

にわかには信じがたい話だった。李奈はたずねた。「清美さんも、本当に本人だったんでしょうか？　家にお住まいのところを見ましたか？」

「奥様がご在宅のところまでは目にしておりません。でも葬儀には喪主として列席しておられましたし、まちがいないでしょう」

「葬儀の場ではトラブルにならなかったんですか？」

「さすがに喪に服しておられましたし……。声を荒らげることはなかったかと」

「いま館野さんのお宅に、清美さんがおられます。わたしと一緒に訪問して、その話をしていただけますか」

志保美は壁の時計を一瞥《いちべつ》した。「申しわけありませんが、それはできかねます」

「なぜですか」

「警察のかたに申しあげたことと同じく、個別の話し合いでは正式な協議にならないからです。弁護士立ち会いのもと、証言として一字一句正確に記録されませんと」

「スマホで動画撮影するのでは駄目ですか？」

「いかなることも弁護士を通すよう、支局長からいわれております」

「でもわたしには会ってくださいましたよね？」

「駒井さんが尊敬なさっている作家先生とのことですので……。どうかわたしどもを偏見や先入観なく、ご理解いただきたいと願っております」

信頼関係を築くには、立ち入った質問も必要になってくる。李奈は志保美にきいた。「宇戸平幸之助さんをご存じでしたか」

「いえ……。お会いしたことはありません。身寄りがおられなかったそうで、ご葬儀もお寺でおこなわれましたが、そちらにはお焼香にまいりました」

「永西さんは住宅街をまわり、会員の勧誘をおこなっておられたとか」

「勧誘というより、地域貢献の一環として、わたしどもの活動をご説明し、パートナーシップを結ばせていただきたいと望んでおります」

本部がきめた営業の口上にすぎない。ようするに訪問販売だろう。李奈はさらに問いかけた。「宇戸平さんの家は訪ねなかったんですか」

「事件が起きてから、あのお宅にお住まいのかたがおられたのを知りました」

ゴミ屋敷にしか見えないため、それ自体はありうる話だった。李奈は疑問をそのまま口にした。「境界道路沿いといえば、宇戸平さんの家も含まれますよね？　館野さんは宇戸平さんへの迷惑料支払いも求めていたんでしょうか」

「さあ。ざっくり道路沿いとおっしゃっただけで、宇戸平さんのお名前はでなかったと思います。というより館野さんは、ご自身がお金を受けとれれば、それで納得がいくというごようすでした。ほかの住民のことは深く考えておられなかったんでしょう」

「……でも自治会を代表して協議に来られたんですよね？」

「それはあくまで方便で、本音ではご自身のことだけお考えだったのではないかと。奥様もご同様でした」

「朝礼の音をうるさく感じるというのも、ただお金を要求するための難癖にすぎなかったんでしょうか」

「いえ。ご夫婦は短気で神経質らしく、朝礼を騒音と感じておられたのは事実のようです。迷惑料で窓を二重にするともおっしゃいました」

「そんな工事が可能になるほどの金額を要求されたんですか」

「一軒あたり月十万以上が妥当だとおっしゃいました」

そこだけきけばまるでヤクザだ。ただどうにも信じられない。志保美は見え透いた嘘と承知で、住民から一方的に抗議を受けたという話を、既成事実化したがっているように思える。自分の意思ではないだろう。支局長か本部の厳命にちがいなかった。

どうしてもたずねるべきことがある。李奈はきいた。「『桃太郎』をご存じですか」

志保美はまた壁の時計を眺めた。「申しわけありませんが予定がありまして……。警察のかたから話はうかがっております。芥川龍之介の短編かなにかが、ご遺体とともにあったとか」

「お読みになったことは？」

「さあ。正直なところ、芥川龍之介が『桃太郎』を書いていたことなど、まるで存じあげませんでした」

李奈はガラスケースのなかの洋書を見た。『蜘蛛《くも》の糸』はご存じですよね？」

「はい。こちらの本に収録されております。当会の精神的基盤でもありまして」

「芥川の『蜘蛛の糸』はご存じですか」

「さあ……。芥川龍之介は『蜘蛛の糸』も書いていたんですか？　この本より前ですか？」

本当に知らないのだろうか。李奈はパネルに目を移した。「文豪の書いた仏教小説も、愛友心望さんは重視なさってるんですよね？」

「ええ、当会の成り立ちとしては……。でもわたしはあいにく読んでおりません」

室内が静まりかえった。李奈はなにもいえなくなった。志保美が作品を読んでいない、芥川を知らないというのなら、それ以上は話が進まない。

志保美はまっすぐに立ち、営業スマイルを向けてきた。「お会いできて光栄でした、杉浦先生。楽しい時間をありがとうございます」

故人について語り合ったのち、楽しい時間とは語弊がある。殺人事件が絡む以上はなおさらだ。だが来客に対する挨拶《あいさつ》は、すべてマニュアル化されているのだろう。志保美は李奈を送りだそうとしている。

李奈はいった。「こちらこそありがとうございます。またお会いできますか」

「そうですね」志保美の目は笑っていなかった。「申しわけありませんが、次からは弁護士を通していただきたく存じます」

11

愛友心望の施設からかなり遠ざかった、南品川七丁目の奥深くに、自治会副会長の坂崎湯治宅がある。住所は七-六-一八。境界道路の最前線ぶりにくらべると、いたって平和な場所に思える。坂崎は白髪頭の定年組で、太った身体を揺するように歩くのが特徴だった。

坂崎邸のリビングルームにふたりの刑事がまっていた。中山自治会長や駒井亮子、それに館野清美も来ていた。愛友心望で李奈がきいた話を受け、自治会長から連絡してもらったところ、清美のほうから出向いてきた。

一同はソファで向かいあった。うつむいた清美が、ハンカチで目もとを拭《ぬぐ》いながら、蚊の鳴くような声でささやいた。「事実無根です……」

坂崎副会長が身を乗りだした。「杉浦先生、誓ってもいい。館野さんご夫妻が大声をだすなんて、それ自体がまったくありえない。まして他人を恫喝《どうかつ》するなんて」

「まったくです」中山自治会長もうなずいた。「金銭要求などなさるはずがない。館野さんは短気じゃありません。怒るどころか苛立《いらだ》つことさえないんです。住民全員にきいてみればいい。いつも親切で、真面目で温厚で、気遣いに満ち……」

住民の主張はもう充分にわかった。しかしいままでの経験上、事実をたしかめるまではなんともいえない。李奈は両手で中山を制した。「すみません。清美さんにうかがいたいことが……。ご夫婦で愛友心望に行かれて、本当はどんなお話を?」

清美が顔をあげた。切実なまなざしが見かえす。小さな声を震わせ、清美がうったえてきた。「大勢の人たちに囲まれたので、なかなか用件が切りだせなくて……。そのうち支局長さんが、話がないならもういいか、そうおっしゃいました」

「支局長さんはどういうお方ですか」

「有瀧《ありたき》さんとおっしゃいました」

鶴山刑事がいった。「有瀧雄造《ゆうぞう》、四十二歳。プロレスラーみたいな体格の男ですよ。前科がないことはわかってますが、あんなのを前にしたら萎縮《いしゅく》せざるをえないでしょう。食ってかかれる人がいるとは思えません」

李奈は駒井亮子に向き直った。「永西志保美さんによると、駒井さんだけは迷惑料を辞退なさったとか」

六十六歳の読書家、駒井亮子は困惑のいろを浮かべた。「だいぶ前の話ですよ。永西さんのほうから、朝礼の音でご迷惑をかけております、迷惑料を払いたいのですがといってきて……。わたしは一笑に付しました。でも館野さんが要求なさったなんて、永西さんはひとことも……」

瀬尾刑事が亮子にきいた。「永西さんに連絡できませんか」

「それが」亮子は浮かない顔で、手にしたスマホをしめした。「さっきから電話してるけど、ずっと留守電なんです。SMSにも返信がないし」

鶴山刑事がため息をついた。「営業交替だな」

李奈は鶴山にたずねた。「なんですか?」

「愛友心望のほかの支局に関し、周辺住民とのトラブルとして報告されています。住宅街を訪問する勧誘係は、問題が起きるたび交替するらしいです。それまでつきあいのあった会員も、新しい担当を押しつけられると」

亮子が目を剝《む》いた。「嘘でしょ。永西さんじゃなきゃ嫌よ」

鶴山刑事はぶっきらぼうにいった。「その永西さんが信用できないんじゃないかって話をしてるんですけどね」

「永西さんは礼儀をわきまえてるし、まちがったことはおっしゃらないかたです」

「信者にはそう思えるもんですよ」

「ちょっと」亮子が不満げな顔になった。「わたしを洗脳状態とか、そんなふうに思ってらっしゃる？　子供じゃないんだからちゃんとわかってますよ。向こうはあくまで商売、こっちは客。払ったお金の対価としてサービスを受けるだけでしかない」

「そこまでわかってらっしゃるなら、愛友心望の肩を持たなくてもいいと思いますけどね」

「肩なんか持ってません。館野さんはとてもお気の毒だったと思います。でも愛友心望が関係してるって証拠はないんでしょう？」

瀬尾刑事が亮子を見つめた。「駒井さん。やはり永西志保美さんに依存なさってませんか？　でなければ、そうむきになる理由がわかりませんが」

亮子は当惑をしめしたものの、ほどなく視線を落とした。「友達だと思ってたことは認めます。客のひとりにすぎないと自覚してても、ほかに読書談義をできる人もあまりいなくて」

李奈は驚いた。「読書談義？　永西志保美さんがですか？」

「そうですよ。あの人は読書家です。与謝野晶子《よさのあきこ》と林芙美子《はやしふみこ》がお好きでね」

「本当に本を読んでいたと思いますか？　駒井さんへの営業のために、文学のあらすじを拾ってきただけとか……」

「そんなことはありません。林芙美子の『浮雲』については、話題に上っただけで目に涙を浮かべてらっしゃったんですよ。強く生きようとする女性の心に感銘を受けておられました。知識も豊富でしたが、あの感性は読書を通じてしか備わりません」

「芥川についても詳しそうでしたか？」

「さあ……。芥川のことは話しませんでした。事件が起きてからは、永西さんの訪問も途絶え、ときどき電話でやりとりするぐらいでしたので……。『桃太郎』についても話してません」

「『蜘蛛の糸』もですか？　愛友心望の信条に絡んで、芥川の名がでることは……？」

「なかったと思います。永西さんが作家の名を口にしたら、わたしが絶対におぼえています」

「『行雲流水』『尼』『山月記』はどうですか」

「坂口安吾と太宰治、中島敦ですか？」亮子は首を横に振った。「永西さんが言及したことはありません」

瀬尾刑事が李奈を見つめてきた。「いまの質問はどういう意味ですか？」

「いえ」李奈は戸惑いがちに応じた。「永西さんは芥川の『蜘蛛の糸』を知らないといってました。文学に疎いような印象だったんですが」

「嘘をついてるんですか？」

「まだなんとも……。決定的な齟齬《そご》はありません。勤め先が『蜘蛛の糸』の載った洋書を崇《あが》めているのに、同名の芥川作の短編は知らない。社史に挙げられていた『行雲流水』『尼』『山月記』も読んでない。芥川の『桃太郎』も知らない。でも駒井さんによれば、与謝野晶子と林芙美子は読んでる」

駒井亮子が真顔でいった。「たしかですよ」

しばし静寂があった。館野清美がささやきを漏らした。「信用できない……」

亮子が気まずそうに目を泳がせる。清美は疲れたようにうつむき、深くため息をついた。

「あのう」清美は控えめに小声を響かせた。「もう帰ってもよろしいでしょうか。娘はもう大人ですが、心はまだ幼いところがあるので、一緒にいてやりたくて」

被害者遺族として当然の心境にちがいない。誰もが同情を寄せているのもたしかだ。清美が腰を浮かせ、深く頭をさげると、ほかの全員がおじぎをした。

坂崎副会長が立ちあがった。巨体を揺すりながら清美に歩み寄る。「家までお送りしましょう」

「いえ」清美が申しわけなさそうにいった。「わざわざそんなこと」

「遠慮はいりません」坂崎がうながした。「さあどうぞ」

ふたりがゆっくりと部屋をでていく。ほどなく玄関ドアを開閉する音がした。

一同がため息をついた。さかんに視線が交錯する。誰もが互いの顔いろをうかがっていた。

中山自治会長が沈黙を破った。「警察に動いてもらうしかない。愛友心望の捜査に重点を置いていていただけないかと」

瀬尾刑事が李奈に目を向けてきた。「杉浦先生、いかがですか。きょう一日、聞きこみにつきあっていただき、愛友心望にも行かれ……。なにか気づかれたことは？」

なんともいえない。永西志保美は館野夫妻こそが、無理な要求を突きつけてきたと主張している。桃太郎がじつは鬼が島の安全を脅かす災厄だったとする、芥川版短編の真相と重なる。のちに桃太郎と家来たちは、鬼から執拗《しつよう》な復讐《ふくしゅう》を受ける。館野家や境界道路沿いの住民らも、因果応報だったというのだろうか。

だが館野夫妻がそんな行為に及んだとは、どうにも信じがたかった。これが愛友心望による殺人なら、芥川の『桃太郎』で両者の関係をほのめかすだけでは、復讐の正当性を証明できないだろう。いや、たとえ復讐だと認められたところで、殺人は無罪放免にならない。芥川の『猿蟹合戦』よろしく、手を下した側が厳しく裁かれるのがおちだ。むろん企業としての社会的信用も完全に失う。

KADOKAWAの担当編集、菊池の声が何度も脳内に反復する。なんで見立て殺人をおこなう？　理由はどこにある？

なぜ『桃太郎』の小冊子を置いていったのか。それもわざわざ文庫から切り離し、ホチキスで綴《と》じた手製の小冊子だ。猿に見立てた宇戸平。キジに見立てたスズメ。そのものずばりの犬。するとやはり桃太郎に当たるのが館野なのか。それとも標的に意味はなく、見立て殺人の実行のみに犯人の意義があるのか。ならその意義とはなんだろう。

「杉浦先生」瀬尾刑事が告げてきた。「今後についてですが、館野さんの勤務先をあたろうかと思いますが」

「すみません」李奈はおずおずといった。「宿題を持ち帰らせてもらえませんか。もともと小説家としても、ひと晩でプロットを構築できるタイプじゃなくて」

12

陽が傾いてきた。新馬場《しんばんば》駅から品川駅まで、京急《けいきゅう》線に三分ほど揺られたのち、山手線に乗り換えた。代々木《よよぎ》駅から総武《そうぶ》線で阿佐ヶ谷《あさがや》駅に帰る。

車内でぼんやり考えた。あらゆるミステリの見立て殺人を当てはめてみる。内田康《うちだやす》夫《お》『戸隠伝説殺人事件』から、アガサ・クリスティーの『ポケットにライ麦を』、はやみねかおる『機巧館《からくりやかた》のかぞえ唄　名探偵夢水清志郎事件ノート』まで連想したが、今度の事件に重なるものがない。

阿佐ヶ谷駅の北口をでてから、延々と住宅街のなかを歩き、アパートの自室に舞い戻る。手を洗い、普段着に着替えてから、すぐにデスクに向かった。

事件の推論を組み立てるのではない。『雨宮の優雅で怠惰な生活2』を書き進める必要がある。誰でも仕事をし収入を得なければ始まらない。働く機会に恵まれているのに、サボるなどもってのほかだ。これを生業《なりわい》にしたい。コンビニのバイトで生計を立てる日々から、一刻も早く脱したかった。

パソコンの電源をいれ、第一章の冒頭しか書いていないことを思いだす。しばし茫《ぼう》然《ぜん》とする。けれどもプロットはできている。それに沿って書けばいい。前は指がとまってしまったが、いまはどうだろう。

キーボードに這《は》わせた両手の指を、恐る恐る動かし、まず思い浮かんだワンフレーズを文字入力する。次いでもうワンフレーズ。方向性がさだまってきた。さらに描写を書きこんでいく。一文が長すぎるため読点を句点に変え、ふたつの文章に分ける。接続詞をいれたのち、語尾を調整する……。

登場人物が複数でてきた。会話が始まった。李奈は淀《よど》むことなく執筆をつづけた。

おやと李奈は思った。筆が進む。指がとまらない。むしろ思いついた台詞《せりふ》を書くのに手が追いつかない。先を忘れやしまいかとひやひやしながら、頭に浮かんだ台詞を原稿に刻みこんでいく。

台詞の応酬がつづく。前とはちがう。登場人物が三人いれば、三人それぞれが息づいているのがわかる。各自の過去と人格に基づき、みな異なる意見を口にする。言葉が自然に浮かんでくる。会話の流れを作為的に調整する必要を感じない。人は会話するとき、相手に真意を伝えようと工夫するため、自由に発言しようとも相応に理解しやすい。多少のわかりにくさは、かえって当人の個性につながる。

瞬く間に一ページ、二ページと原稿が埋まっていった。三ページ、四ページ。最初の章が終わった。気づけば文庫換算で十二ページを書き終えていた。

李奈は原稿をスクロールし、冒頭から読み直した。地の文と台詞、いずれも無駄がなくスムーズだった。なにより人物が生き生きとしている。

啞然《あぜん》とさせられる。字を読んでいるだけなのに、情景が豊かに連想できるのは、書いた本人だからだろうか。客観的に見直すことには慣れている。そのうえで前とのちがいを感じる。

インターホンのチャイムが鳴った。李奈は顔をあげた。いつしか窓の外が暗くなっていた。気もそぞろに玄関に向かい、ドアを解錠した。

外に立っていたのは兄の航輝だった。いつもどおり仕事帰りのスーツ姿で、両手にレジ袋を提げている。「李奈。きょうも来たよ」

反応するより早く憂鬱《ゆううつ》な気分になる。航輝のわきに母が立っていた。母は澄ました顔でこちらを見ている。李奈はため息をつき、部屋のなかに引きさがった。

航輝と母はもう自宅のような顔であがってきた。レジ袋を置き、手を洗うさまは、部屋の住人そのものだ。李奈はあきれながらたたずんだ。

「さて」母は勝手にエプロンを身につけた。「ニンジンを切らなきゃね」

李奈は困惑とともに歩み寄った。「わたしがやるから」

「じゃあんたは乾燥ひじきにお湯をかけて。戻ったら水気を切ってよ」

母の横に並んだ。狭い調理台だけに肩が触れあう。李奈は食材を眺めた。実家でよくでた献立を李奈は思いだした。「ひじきと大豆の煮物？」

「そう」母はさっさと作業を始めた。包丁でニンジンを千切りにしていく。

「鍋《なべ》を熱しとく？」李奈はきいた。

「先にお湯を乾燥ひじきに……」

「わかった」李奈はじれったさとともにいった。「それはやるから」

いつしか李奈が家にいたころの、母のペースに巻きこまれている。ただし夕食づくりにかぎっていえば、そんなに悪い気はしない。母の存在はもうあきらめている。そのうえでレトルトでない手料理ができあがるのは歓迎できる。できたての温かい物を食べたかった。

鍋を火にかけ、油を引いておく。ひじきをザルに移してから、水気を切ろうとする。しかし流しも狭いため、母が俎板《まないた》のニンジンに取り組む邪魔になる。かまわずザルを振ると、水が容赦なく俎板にかかった。

「ちょっと」母が顔をしかめながら笑った。

同時に李奈も笑っていた。自然に笑みがこぼれた。自分でもふしぎに思える。高校を卒業するまでは、こんなふうに母の家事を手伝っていた。

笑いはしたものの、さして楽しいわけではない、そう思い直した。自分の気持ちをわざと醒《さ》めさせる。母は娘を連れ戻しに来ている。いっこうに理解してくれない。ゆえに馴《な》れ合いは危険だ。油断すると母の口車に乗せられてしまう。

「李奈」母が作業をつづけながらいった。

「なに？」

「航輝からきいた。仕事そっちのけで、面倒なことを押しつけられては、一所懸命に期待に応《こた》えてるんだって？」

妙な空気が流れる。李奈は航輝を振りかえった。航輝は居心地悪そうに、奥の部屋へと立ち去った。

また調理台に向き直る。李奈は母にたずねた。「面倒？」

「警察から相談を持ちかけられたりしてるんでしょ。そんなの断っちゃえば？」

「なんで？」

「なんでって」母が李奈を見つめてきた。「あんた小説家でしょ。相談屋さんじゃないんだし」

沈黙のなか、包丁と俎板の奏でる音だけが、絶え間なく響く。李奈は母の横顔を眺めた。母は素知らぬ顔でニンジンを切りつづけている。

「それにね」母は付け足した。「犯罪なんかに関わっちゃ危ないでしょ」

「まるでわたしが犯罪に手を染めてるみたいじゃん。人をアウトローみたいに……」

「はいはい、わかった。犯罪捜査っていうの？　それとも事件の調査かしら。なんでもいいけど、そんなのに協力するなんて、お母さんからしたら心配でしょ」

「……仕方なかったの。編集者さんとか、同業の作家さんたちとか、そっち方面から相談を受けるうちに、刑事事件なのがあきらかになって……。業界の頼みは断れないし」

「いまも頼りにされてるの？」

「まあときどきはね……」

「あんたはそれなりに勘がよかったりしたもんね。人様の役に立てるのは悪いことじゃない」

李奈は苛立《いらだ》ちをおぼえた。「どっちよ」

「なにが?」母がたずねかえした。

「相談を受けてもいいの? だめなの?」

「そんなの臨機応変でしょ」母はニンジンを鍋に移した。菜箸《さいばし》で炒《いた》めながら、母がにこりともせずにいった。「人づきあいは大事にして、できるだけのことはする。本業も疎《おろそ》かにしない」

「本業って?」李奈はわざと問いかけた。

母がとぼけた顔を向けてきた。「コンビニのバイトだっけ?」

「もう!」

「冗談よ」母はまた笑った。また鍋に目を落とす。「物書きが本業でしょ」

「認めてくれるの?」

「さあね。あんたしだいじゃない?」

複雑な思いが胸をかすめたとき、航輝の声が呼びかけた。「おい李奈。これおまえのか?」

「なにが?」李奈は振りかえった。航輝の姿は引き戸の向こうに隠れている。仕方なく調理台を離れ、李奈は隣の部屋に入った。

航輝は身をかがめ、マウスを握っていた。パソコンの画面を見つめている。「美佐ってのがでてくるから、これ『雨宮の優雅で怠惰な生活』だよな？」

「そう。その続編」

「前と全然ちがう。会話が弾んでるじゃないか」

　李奈の胸は躍りだした。「ほんとに？」

「ああ。見ちがえるほどの出来だよ。これまでのはずっとドラマかアニメのノベライゼーションみたいな感じだった。いまはちがう。登場人物がちゃんと生きてるように読める」

「わたしも自分でそう思った！　いまのところいい感じだよね？」

「人となりが表れた台詞《せりふ》っていうのかな。うまく嚙《か》み合わない会話に現実味がある。地の文に書かれてる表情だとか、しぐさの描写も、とても本当っぽい」

　そこが要《かなめ》だと李奈は思った。テンポよく説明の応酬ばかりがつづいても目が滑る。以前は理由がよくわからなかった。いまなら理解できる。人の存在を実感できなければ、台詞として脳内にきこえてこない。読者が登場人物を人としてとらえれば、カギ括弧のなかに声をきこうとする。そんな文章を綴《つづ》るためには、書き手が登場人物と出会わねばならない。生きた人間を目の前にしている、そう信じてこそ、本物の人物造型が可能になる。

「でもな」航輝が画面をスクロールさせた。「地の文にちょっと惜しいところがある。ここだ。〝祥太郎《しょうたろう》は急に大声で笑いだした〟とあるだろ。いいたいことはわかるけど、ほかの文章が巧《うま》くなったぶん、ここだけ安易な説明調に感じられる」

「あー、そうかもね……。でもわかりやすくするためには、ほかに書きようがなくて」

「祥太郎ってのは巨漢で、豪快な男なんだろ？　ガハハハと急激に笑い声が大きくなるイメージだよな。ここは〝ガハハハ〟と書いちゃえばいいんじゃないのか」

「いやー、それは……。編集者から擬態語を多用しないようにいわれてるし、笑い声もそのままじゃ……」

ふいに母の声が背後から飛んだ。「〝大排気量のエンジンがかかるような笑いが、せわしなく小刻みに、また急激に声量を増した〟」

李奈は凍りついた。時間がとまったかのようだ。画面を凝視する。クルマのエンジン。ああ、たしかにそうだ。想像したとおりの笑い声がきこえてくるようだ。

振りかえると母がエプロン姿で立っていた。一緒にパソコンの画面をのぞきこんでいる。

母は神妙にうなずいた。「航輝がいったとおりね。たしかに前より読みやすくなってる」

航輝が笑った。「お母さん、冴《さ》えてる」

ふと不安が胸をかすめる。李奈は母にきいた。「鍋《なべ》は？」

「あ、いけない」母がキッチンに駆け戻っていった。

李奈は呆気《あっけ》にとられながら身体を起こした。航輝と顔を見合わせる。思わず吹きだした。航輝もにやにやとした。

調理を母ひとりに押しつけるわけにいかない。李奈もキッチンへと向かった。母は鍋にひじきを加え炒めだした。李奈は水煮大豆と甘酒の用意にかかった。

母が手を休めずにいった。「あんた変わったね。いろんな人とよく喋《しゃべ》るようになったのね。前は漫画かなにかを、そのまま字にしてるみたいだったけど」

すっかり人見知りではなくなったのはたしかだ。言葉の駆け引きに慣れていくうち、会話が頭に浮かぶようになったのかもしれない。李奈はためらいがちにささやいた。

「びっくり」

「なにが？」母がきいてきた。

「お母さんがあんな文章を思いつくなんて」

「日本語は小説家さんの専売特許じゃないでしょ」母は菜箸で鍋をかき混ぜた。「人の言葉には謙虚に耳を傾けなさいよ。会話が成立しない人に、会話を書けるはずがないでしょ」

言いえて妙だ。たしかにそうかもしれない。李奈はうなずいた。「ありがとう。お母さん」

「どう？　お母さんの話も、ちゃんときいたほうがいいでしょ」

李奈は思わず笑った。「そうだね」

「じゃきいて。小説は東京にいなくても書ける。実家に帰ってよ」

自分の顔から笑みが消え去るのがわかる。李奈はしらけた気分でたたずんだ。うっかりしていた。いつしか母のペースに乗せられていた。

13

小雨のぱらつく朝、李奈は覆面パトカーの後部座席に乗っていた。運転席には鶴山刑事、助手席に瀬尾刑事。向かった先は東京湾に面する大井埠頭《おおいふとう》だった。クルマを乗りいれられるゲートの上部に〝東京都中央卸売市場　大田市場《おおた》〟とある。

ここは青果部と水産物部、花き部の三部門からなる総合市場だった。東京ドームのおよそ八個分の広々とした敷地を誇る。印象は幕張《まくはり》メッセに似ている。巨大な倉庫然とした建物がいくつも連なっていた。

覆面パトカーが駐車場に停まった。建物の内部は、外から見るよりさらに広かった。高い天井には縦横に鉄骨が走り、無数の白色灯が照らしている。コンクリート敷の大空間には、いたるところに段ボール箱が積みあげられ、フォークリフトが走りまわる。

季節は秋だが、外の涼しさに対し、建物内はあきらかに寒い。冷房が効いているようだ。青果物や水産物の品質維持に必要なのだろう。

瀬尾刑事が一帯を見渡した。「積込場に低温立体荷捌《にさばき》場。なにもかも屋内でおこなうそうです。商品を日光や雨に晒《さら》さないためだとか」

「へえ」李奈は施設の規模に圧倒されていた。都内にこんな場所があるとは、まったく勉強不足を痛感させられる。職業は小説家だというのに、まだまだ知らない世界が多くある。

鶴山刑事が指さした。「ああ、あそこにいましたよ。渥川《あつかわ》さん!」

フォークリフトが駆け抜けるわきに、ふたりの作業服が立ち話をしていた。うちひとりの男性がこちらを見た。刑事たちと顔見知りらしい。男性は片手をあげ、小走りに近づいてくる。

李奈はきいた。「あの人が……」

「ええ」瀬尾刑事がうなずいた。「株式会社ネギイの渥川忠征《ただまさ》課長代行です。前は課長補佐でした。課長だった館野良純さんが亡くなり、臨時に代行を務めてますが、じきに課長昇進だとか」

「館野さんとは親しかったんでしょうか」

「社内でいちばん交友関係が深かったときいています。だからきょうも会って話をきくことにしました」

渥川が目の前にきた。五十代前半ぐらいの印象だが、吊《つ》りあがった目が狐のように鋭く見える。帽子をとると、白いものが交じった頭髪があらわになった。作業着の下にワイシャツの襟とネクタイがのぞく。おじぎをしてから渥川がいった。「先日はどうも」

ふたりの刑事が頭をさげた。李奈もそれに倣った。

瀬尾刑事が渥川に李奈を紹介した。「ご連絡したとおり、こちらが文学の専門家、杉浦先生です」

李奈は戸惑った。たぶん小説家という肩書きでは、いちいち説明が面倒だと学んだのだろう。

渥川は笑った。「専門家が同行なさるというから、もっと年配のかたかと……」

鶴山刑事が淡々と告げた。「現場に芥川龍之介の『桃太郎』があったことは、前にお話ししましたよね。その関連で文学の専門家に助言を求めています」

「そうですか」渥川は李奈を見てから、また鶴山刑事に視線を戻した。「でも私になんの用でしょうか。芥川とか『桃太郎』とか、なにも知らないと答えたはずですが」

「とはいえ桃太郎という名称は御社にとって、まったく馴染《なじ》みがないわけではないんですよね？」

「ええ、まあ」渥川は苦笑いを浮かべた。「岡山県産の〝桃太郎〟というブランド桃を、五年間ほど扱っていました。ただし私も館野さんも担当者じゃなかったんです」

「生前の館野さんについてですが、温厚で物静かな性格だったとか」

「ええ。上司もみんなそういう評価でした」

「短気を起こしたり怒鳴ったりは皆無と考えていいんですね？」

渥川はややぎこちなく応じた。「いちおうは」

「いちおう？」

「故人を悪くいうのもちょっと……」

「私たちは刑事で、殺人事件の捜査に来てるんですけどね」

「ああ、はい。失礼しました」渥川は真顔になった。「館野さんの人となりは、そういうとらえ方でまちがってはいません。でも一緒に仕事をしていた身からすると、人あたりのよさは館野さんの努力の賜物《たまもの》です」

鶴山刑事は妙な顔になった。「まだ言葉を選んでおられますね。本当は人あたりがよくなかったということですか」

「裏をかえせばそうです……。真面目だとか優秀だとか、性格がいいとか、そのようにいわれることに喜びを得ていたんでしょう。周りから評価を得ることに執着していました」

李奈はきいた。「それは館野さんなりの処世術だったんでしょうか？　なるべく早く出世するためとか」

「いえ」渥川は否定した。「上司や人事部にごまをするとか、そういう類《たぐ》いのことではありません。なんというか、どんな人に対しても笑顔を振りまいて、好感を持たれることに熱心でした。若い人はＳＮＳで承認欲求を満たすでしょ？　それみたいなもんです」

「好印象の背景に承認欲求があった……ということでしょうか？」

「まさしくそうです。館野さんはそこがすべてだったんじゃないですか。友達のいない人で、遊びにも疎くて、真面目といえばきこえはいいけど、ようするに羽目の外し方を知らなくてね。あの人はただ優等生ぶって、誰彼かまわず褒めてくれるのを、なにより生き甲斐《がい》に感じてるようでした」

鶴山刑事が怪訝《けげん》そうに問いかけた。「子供が学校で、先生や同級生らの顔いろを気にするようにですか」

「ええ、そのとおりです。あの人は幼いころ両親が離婚して、親戚《しんせき》に育てられたといってました。幼少期に出会った大人たちへの悪口が多くてね。たぶん子供じみた承認欲求が満たされないまま、いまもそれを追い求めていたんでしょう」

「妻子ある身なのに？」

「やたら世間体を気にし、外面《そとづら》をよくすることに全力を挙げるんですから、真面目で温厚ととらえられます。実際それは嘘じゃなくて、館野さんは仕事に熱心で、業績をあげようと頑張ってました。社内評価が低くては承認欲求が満たされませんからね」

「ちゃんと仕事ができてたのなら、上っ面だけどいうわけでもないでしょう」

「いいえ。少々ややこしいですが、うまくサボるような知恵もないから、人に嫌われないようにするため、真面目にやるしかなかったというか……。とにかく純然たる労働意欲によって働いてたというより、他人の目を気にして、熱心に働かざるをえなかった感じです。不器用で窮屈な生き方だと思いますよ」

「まちがいないんですか?」

渥川はうなずいた。「社の人間に突っこんできいてみてください。みんな私と同じことをいうでしょう。館野さんは最初、優秀そうに見えるけど、案外中身は未熟だと……。苛立《いらだ》ちをあらわにしたり、不機嫌さをのぞかせて、周囲に妥協を強いたりするところがありました。これも子供がよく使う手ですよね」

鶴山刑事がたずねた。「愛友心望をご存じですか」

「いえ。愛友……? なんですか?」

「じつは館野さんの家の近所に、ある施設がありまして、自治会と揉《も》めていたらしいんです。館野さんは自治会から交渉役を押しつけられたとか」

渥川は苦笑した。「あの人らしい……。押しつけられたという印象は、そういう空気を館野さんが撒《ま》き散らしたからですよ。実際には自分でその役割を買ってでたはずです。いつも頼りにされたがってましたから。それもみずから立候補はせず、満場一致で推薦されるのが好きでね」

「先方を恫喝《どうかつ》し、迷惑料をふんだくろうとすることはありえますか」

「館野さんがですか?」渥川は腕組みをし、天井を仰いだ。「いや、さすがにそれは考えにくいですね」

「本当は短気な性格なのに？」

「短気といっても度胸が据わっているのとはちがいます。前に館野さんが社用車を運転中、ぶつけられたことがあったんですが、先方との話し合いでも、まるで自分に非があるような腰の低さでね。悪く思われたくないという本能的な衝動が優先しちゃうんです」

「恫喝はしてないと？」

「私の知るかぎり、館野さんが人を怒鳴りつけるなんて、ちょっとありえませんね」

李奈はきいた。「奥様に対してはどうだったと思われますか？　館野さんと一緒に、夫婦で抗議にでかけたらしいんですが」

「奥様とは会社の新年会のほか、先日の葬儀でお会いしただけですが……。旦那《だんな》さん同様、人あたりのよさをしめしてました。新年会では、館野さんとの関係が希薄な人たちからは、上品なおしどり夫婦と受けとられたはずです。私にしてみれば、いつもどおりやってるなと」

「やってるとおっしゃると……？」

「真面目で温厚と思われるべく、熱心に振る舞ってたということです。察するに、奥さんにも自分と同じような態度をとるよう、事前に注意しといたんじゃないですかね。会社関連の行事では奥さんの言動も、館野さん自身の評判に直結するので」

「じゃ家庭内では亭主関白だったとか？」

「それはないでしょう。娘さんは本当に真面目で優秀で、中学から私立に通ってたし、家族の仲もよさそうなので、家庭内でも良きパパを演じつづけてたのかも……。いや、そこまで器用な人じゃないな。妻子はとっくに、館野さんの外面《そとづら》を気にする性格を見抜いたうえで、それでも受容してたんでしょう」

鶴山刑事が冷ややかにいった。「前には館野さんを温厚で真面目といっておられたのに、きょうはずいぶん話がちがいますね」

渥川の狐のような目が、さらに細くなった。「本音をきかれたので……。通り一遍の評判なら、温厚で真面目という解釈でまちがいありません。じつは裏で賭博《とばく》好きだったとか、愛人がいたとか、風俗通いが趣味だったというわけじゃないんですから。仕事でも不正などはいっさいありません。ただ……」

「それらはすべて、自分がよく思われたいという館野さんの性格のせいであって、正真正銘の品行方正な人間ではない。そうおっしゃりたいわけですね」

「ええ。的確です」

「どうも気になりますね」鶴山刑事が渥川を睨《にら》みつけた。「ずいぶん故人を悪くいうじゃありませんか。嫌いだったんですか」

「……私に嘘をつけとはおっしゃらないでしょう？」

「嘘でなく正直に答えてください」

「結構」渥川は醒《さ》めた顔になった。「ならはっきりいわせてもらいます。館野さんは好きじゃありませんでした。体裁ばかり気にして、自分のミスも他人のせいにし、いつも愚痴って周りにストレスを押しつける。でも一見外面《そとづら》がいいから、上司やほかの部署の人間の目には、仕事のできそうな人間に映る」

「そこが気に入らなかった？」

「館野さんの尻拭《しりぬぐ》いに奔走したことも、いちどや二度ではなかったですからね。そのときもあの人は、やらかしたという自覚がなかった。本気で他人のせいだと思いこんでるんです。自分はちゃんとやってる、悪いのは周りだと。私の責任にされたこともありましたよ」

「渥川さん以外の社員も、同じようにとらえてると思いますか？」

「さっきもいったでしょう。館野さんと直接仕事で関わった人は、みんなわかってます。浅くつきあっただけの人は騙《だま》されてますけどね」

「誰にきいても、館野さんは温厚で真面目といっていたんですがね」

「私と同じです。とりあえずそう答えれば問題ないと考えてるんです。本心を問いただしてみてください」

「あなたは館野さんが亡くなっても悲しくなかったわけですね。むしろ嬉《うれ》しかったと」

渥川の狐目がまた細くなったが、微笑にはほど遠い。「それはあまりにも飛躍しすぎてます。身近な人の逝去を悼む気持ちに偽りは……」

瀬尾刑事が穏やかにいった。「渥川さん、無礼をお許しください。杉浦先生から質問があると思いますので、どうかお答え願えませんか」

本当はたずねることもなかったが、李奈は無理やり渥川に問いかけた。「館野さんは小説を読んでいなかったでしょうか？　芥川とか」

「さあ。ちょっと記憶にありませんね。あの人はいつも小難しそうなビジネス書ばかり買ってきて、机の上にこれ見よがしに積んでました。理由はさっき話したとおりです。そんなもので周りから感心されたがってたんですよ」渥川は腕時計を見た。「すみませんが、もうよろしいでしょうか。ここでの仕事を片づけたいんで」

瀬尾刑事がおじぎをした。「お手間をとらせまして恐縮です。ご協力に感謝申しあげます」

渥川は鶴山刑事の態度の悪さに、すっかり閉口したらしい。むっつり黙りこくったまま、軽く頭をさげると、さっさと立ち去っていった。

ふたりの刑事たちは無言で渥川の背を見送った。瀬尾が鶴山に対し、特に苦言を呈することもなかった。やはりふたりの役割分担だったのかもしれない。

「さて」瀬尾刑事が李奈に向き直った。「われわれは株式会社ネギイを訪ね、ほかの社員の話をきくつもりです。杉浦先生はどうなさいますか?」

「文学の知識が役立つ状況ではなさそうなので……。そちらは遠慮します。でも館野さんの性格について、本当のところはどうなのか気になりますよね。娘さんあたりに話をきけないでしょうか」

「また館野家の訪問日程をきめますか」

「いえ。できればもっと軽く問いかけたいんです。わたしから娘さんに電話するだけでもかまわないんですが」

「なら大学にいるでしょうし、そちらをお訪ねになったらどうですか。こちらから連絡しておくこともできますが」

「お願いします」李奈はいった。

三人で施設内を歩きだし、出入口へと向かう。李奈は胸騒ぎをおぼえた。承認欲求。かつて岩崎翔吾は、マズローの欲求五段階説になぞらえ、芥川は承認欲求が満たされていなかったと分析した。

そんなところまで結びつけるのは考えすぎだろうか。まだ手がかりにたどり着けない。芥川の『桃太郎』はなにをしめしているのか。渥川がいったように、善人ぶっていたが本当は腹黒だった、そんな館野の内面を告発したのか。だがそれが目的なら、そう書いたメモを残せばいい。わざわざ見立て殺人にする理由はどこにある。

まだそこから抜けだせない。李奈の脳裏にKADOKAWAの菊池の声が反響した。なんのための見立て殺人なんだい。単なるこけおどしじゃ駄目だよ。

14

立教大学池袋《いけぶくろ》キャンパスに来た。外壁の赤煉瓦《あかれんが》を蔦《つた》が覆う、瀟洒《しょうしゃ》な造りの学舎《まなびや》に負けず劣らず、図書館もまた立派だ。地上三階、地下二階。二百万冊を所蔵。この大学に入れるだけの学力がほしかった、李奈は純粋にそう思った。

LEDライトが煌々《こうこう》と照らしだす、吹き抜けのホールの階段を上っていく。李奈は館野稜楓を捜した。ここにいると連絡を受けている。閲覧席はあちこちにあった。隈《くま》なく見てまわるだけでもひと苦労だった。

いた。学習用のデスクが並ぶなか、稜楓が着席している。サテン素材のワンピースを身につけていた。ノートパソコンに両手を置き、静かにキーを叩《たた》きつづける。傍らに開いているのは、分厚いハードカバーだった。やはりアンソニー・ギデンズ著『社会学　第五版』だとわかる。

李奈はそっと歩み寄った。静寂のなか小声でささやきかける。「稜楓さん」

稜楓が顔をあげた。座ったまま会釈をしたのち、隣の椅子を勧めてくる。

恐縮しながら李奈は椅子に腰かけた。「どうもすみません。忙しいところを」

「いえ」稜楓が微笑した。「課題をこなしてるだけですから」

画面には細かい字でびっしりと文章が綴《つづ》られていた。『社会学　第五版』の安易な引用ではなく、咀嚼《そしゃく》して自分なりの見解を著しているようだ。李奈は舌を巻いた。

「すごい洞察力……」

稜楓は恥ずかしそうに、ノートパソコンの画面を伏せた。「小説家の先生にお目にかけるのは気が引けます……」

「あのう」李奈は小さな声で切りだした。「お父さんの話なんですが」

「ええ。母からききました。父が愛友心望さんに怒鳴りこんだなんて、ちょっと考えられません」

「そのとき稜楓さんは、家におられなかったんですか」

「父がでかけたのは、わたしが留守のときだと思います。愛友心望さんを訪ねたこと自体、わたしには伝えられませんでした」

「お母さんもいちど同行なさっていますが、それもきいてなかったんですね」

「はい。たしかに母がひところ、ひどく憔悴《しょうすい》していたのはおぼえています。父もそうでした。ふたりとも協議や交渉なんて得意じゃないですし」

「やはり恫喝《どうかつ》はありえないんでしょうか？」

「家のなかはいつも、この図書館のように静かでした。三人ともあまり声を張らないので……。職場での父はよく知りませんが、うちは本質的に小心者の集まりですし、争いも好みません。怒鳴れば当然お隣にきこえます」

「お父さんが声を荒らげないまでも、苛立《いらだ》ちをあらわにしたり、言葉少なにプレッシャーをあたえてきたりはしませんでしたか」

稜楓が首を横に振った。「そんな家なら、わたしもバイトしてひとり暮らしを選びます。母も実家に帰っちゃうでしょう」

小説なら身内がそういいながらも、じつは家庭に魔が潜んでいたという展開もありがちだ。しかし今度の現実には当てはまらない。妻子が沖縄旅行中だったことは警察が確認済みで、家族間にはなんら動機になるトラブルもなかった。犯行は外部の人間によるものだろうが、なぜ芥川の『桃太郎』なのか。犬と猿とキジはともかく、本当に館野良純が桃太郎に当たるのか。

李奈は問いかけた。「お父さんの過去をご存じですか？　ご両親が離婚し、親戚《しんせき》に育てられたそうですが」

「はい。親戚とも年に一回、顔を合わせます。みんないい人たちです。たしかに父の両親とは会ったことがありませんが、なんの問題も起きていないと思います。わたしが小さかったころから、お年玉をくれる祖父母がいないことを父は気にして、そのぶんもくれたりしてました」

「ならやさしいお父さんだったんですか」

「母も同意見だと思います。わたしを育ててくれた、かけがえのない父ですから」

「会社の同僚のかたによれば、当初は故人を悪くいえなかったけれども、じつはちがうというようなことを……」

稜楓はただ腑《ふ》に落ちないという顔になった。「父はそんな性格じゃないと思います。

でも会社のことはなにも話してくれなかったので、本当のところはわかりません」

まるで芥川の『藪の中』だ。証言がいちいち食いちがう。館野良純について、娘である稜楓の主張は、渥川が口にした人物像とは真逆だ。その渥川にしても、館野良純が愛友心望を恫喝したとは信じられない、そういった。

刑事たちがほかの社員らへの聞きこみを進めている。その結果がまたれる。いまは稜楓に重要な質問をせねばならない。李奈は稜楓を気遣いながら切りだした。「あのう……。不快に思われたらごめんなさい。お部屋には小説がまったくありませんでしたが、芥川を読んだりはしませんよね？」

「いえ」稜楓は穏やかに応じた。「一般知識として、あるていどは読まなきゃいけなかったので……。国語の文学史にも絡みますし、長文読解の練習にもなりますし」

稜楓がまたノートパソコンの画面を上げ、電子書籍のアイコンをクリックした。ダウンロードした本の作家一覧が表示される。文豪の名が連なっていた。三島由紀夫《みしまゆきお》、太宰治、夏目漱石、宮沢賢治《みやざわけんじ》、中原中也《なかはらちゅうや》、そして芥川龍之介。

リストの後半は外国人作家だが、それらは受験勉強と入学後に必要だった文献だろう。『イデオロギーの終焉』のダニエル・ベルや、『実在論的社会理論――形態生成論アプローチ』のマーガレット・アーチャー。ほかにも人文科学系や社会科学系の著者名が並ぶ。李奈も一部しか読んでいないが、目にしたことのある名前ばかりだった。マックス・ウェーバー。ジェンダー論で知られるイヴ・セジウィック。アントニー・D・スミス。ユルゲン・ハーバーマス。このなかでは趣が異なるスーザン・フォワード。ラルフ・ダーレンドルフの『新しい自由主義』は以前に読んだ。

李奈は及び腰になりながらきいた。「あの……。芥川はどんな物をお読みですか」

稜楓が力なく微笑した。「そんなにお気遣いいただかなくても、警察のかたから『桃太郎』については伝えられました。過去に読む機会はありませんでした」

カーソルが〝芥川龍之介〟に移動する。稜楓がクリックした。『羅生門』と『神神の微笑』しかない。電子書籍では短編や中編がバラ売りされている。そのなかから一編ずつダウンロードしていた。

勉強のため読書が必要。稜楓は紙の本ではなく電子書籍派。わかるのはそれぐらいだ。『社会学　第五版』は電子書籍が販売されていないから、ハードカバー本を持ち歩いているのだろう。李奈は稜楓にたずねた。「お父さんは芥川の『桃太郎』をご存じだったと思いますか？」

「まさか。父が小説を読んでる姿なんて想像もつきません。ビジネス書ひとすじでした」

「こんなことをきくのは心苦しいのですが……。『桃太郎』について、なにか思い当たるようなことはありませんか」

「さあ……。ないと思います」

「株式会社ネギイで扱ってたブランド桃が、桃太郎という名前だったそうですが、お父さんがそれについて語ったことは？」

「ありません。初耳です。とにかく仕事の話題を家に持ちこまない父だったので」

渥川も〝桃太郎〟なるブランド桃は、館野の担当ではなかったと証言した。無関係の情報でしかないのだろうか。まだ手がかりが絞りこめないため、際限なく可能性がひろがってしまう。どれも捨てきれない。

スマホが振動するのを感じた。李奈は画面を見た。電話がかかってきた。〝KADOKAWA　菊池〟と表示されている。ここでは応答できない。

李奈は腰を浮かせた。「どうもお邪魔しました。ありがとうございました、稜楓さん。どうかお力落としのないよう……」

稜楓の目がわずかに潤んだ。「だいじょうぶです。ご心配をおかけして申しわけありません。またいつでも……」

互いに頭をさげあう。李奈が立ち去らないと、稜楓は課題を再開できない。なおもおじぎをしながら李奈は遠ざかった。

コンクリート造の図書館をでて、タイル張りの広場にたたずんだ。李奈はスマホを確認した。もう通話が切れている。折りかえし電話をかけた。

菊池の声がすぐに応答した。「杉浦さんか？」

「はい。なにか……？」

「すごいじゃないか！」菊池の声はふいに怒鳴った。

「な」李奈は驚いた。「なんですか？」

「原稿だよ。『雨宮の優雅で怠惰な生活2』」

「あー」李奈は曖昧《あいまい》に返事をした。最初の章だけとりあえず編集者に送り、意見を仰いであった。李奈のいつものやり方だった。「それがなにか？」

「ついに殻を破ったな！　文章表現が急に冴《さ》えて、人物が生き生きと動きだしてる。どんな心境の変化があったんだ？」

にわかに気分が昂揚《こうよう》しだした。李奈は思わず声を発した。「ほんとですか？」

「ああ。台詞《せりふ》が自然で立体的だし、地の文も緻密《ちみつ》で豊かな比喩《ひゆ》が効いてる。特に秀逸だったのは、笑い声を大排気量のエンジンに喩《たと》えたあたり」

笑みがこわばるのを自覚する。李奈は問いただした。「そこだけでしょうか……？」

「いや。ほかの箇所もすべて素晴らしいよ。作家ってのは、あるとき突然化けたりするけど、きみにもそんな瞬間が訪れたな。おめでとう。確実に成長したよ」

また胸のうちに喜びがあふれだす。通りがかる学生が妙な顔を向けてくるのもかまわず、李奈は何度もおじぎをした。「本当にありがとうございます。じゃこのまま書き進んでいいんですね？」

「そこなんだけど」菊池の声がにわかに低くなった。「きみの文章はもはや奥深い。描写がかなり大人びている。やや私小説の風合もある。もうラノベ向きではないな。『雨宮の優雅で怠惰な生活』の第一巻の読者も、雰囲気がちがいすぎて戸惑うと思う」

「あー、そうですか……。じゃもっとラノベっぽく書き直さないと」

「そうじゃなくて、いまの原稿の登場人物名を変えて、大人向け文芸にできないか」

「えっ」李奈はまた面食らった。「一般文芸ってことですか？」

「『雨宮の優雅で怠惰な生活2』として作ったプロットだけど、一部を手直しすれば、単独の新作になりうる。登場人物の名前を変えて、年齢も少し上げ、舞台を学校から会社に移して」

「いえ、でも……。『トウモロコシの粒は偶数』は爆死しましたし」

「当初はな。その後REN《レン》にパクられたことが報じられて、売り上げがじわじわ伸びてる」

「アマゾンやブックオフで中古がときどき売れるていどでしょう……」

「そうでもない。あの騒動以来、キンドルの電子書籍が……ええと、十四回ダウンロードされてる」

寒い数字に心が冷えてくる。李奈は醒《さ》めきった気分でささやいた。「三千円ぐらいにはなりましたか」

「いまこそ汚名返上のときだ。今度のプロットは現代的なテーマだし、ハードカバーの単行本として出版するにふさわしいと思う。杉浦さんがその気なら、うちとしては全力でバックアップするよ」

耳を疑う言葉だった。李奈は震える自分の声をきいた。「〝うち〟という言葉はなにを意味するんでしょうか」

「そりゃもちろん会社だよ。KADOKAWAだ」

「という体《てい》で、じつは編集者の一存で発言なさってて、あとから『申しわけない、上がどうしようもない馬鹿でね』といいながら出版見送りというパターンでは……」

「被害妄想が過ぎるよ。まあ編集者と作家のやりとりとしては、そういう状況もめずらしくないが……。今回はちがう。編集長が推してるからな」

「ほんとに?」

「会議でも満場一致だった」

「やった!」李奈ははしゃいだ。周りにいた大学生がびくっとする。李奈は頭をさげたが、なおも笑みがおさまらない。

菊池の声がたずねた。「〆切《しめきり》は前と変わらないが、それでいいかな?」

「はい! 頑張ります。本当にありがとうございます」

「期待してるよ。それじゃ」菊池の声がそう告げ、通話は切れた。

嬉《うれ》しすぎてパニックを起こしそうだった。帰路につくにあたり、スキップさえしたくなる。するとスマホがまた振動しだした。

画面に目を落とす。瀬尾刑事からの電話だとわかった。

弛《し》緩《かん》しきった心がまた張り詰めていく。そうだった。いまは重い責任を抱えている。自分を成長させてくれた難題でもある。放棄して夢だけ追うわけにはいかない。

15

午後三時すぎ、薄曇りの新宿《しんじゆく》ゴールデン街を、李奈は三人の刑事たちと歩いていた。

品川署の瀬尾と鶴山のほか、新宿署の小野《おの》という刑事が同行する。道案内は小野刑事が引き受けていた。バラック長屋にスナックの看板が無数に連なる、雑然とした路地を右に左にと折れていく。この時間、まだ店はどこも開いていない。

歩きながら瀬尾刑事が告げてきた。「株式会社ネギイでの聞きこみですが……。渥川さんと同じようなことをいってる社員も、たしかにいました。館野さんはうわべだけいい人ぶることに執着し、じつはそんなに仕事ができるわけじゃなくて、責任も転嫁しがちだったと。ただし……」

言い方から先が予想できる。李奈はたずねた。「少数派でしたか」

「ええ、そうです。まあ渥川さんの言葉どおり、直接関わった人間でないと、内面まではよくわからないのかもしれません。ふつうに感じのいい人という意見がほとんどです」

鶴山刑事が私見を口にした。「もし館野さんの性格に問題があって、そのことに気づく社員がいたとしても、大半は故人を悪くいうのを控えるでしょう。よほど嫌な目に遭わされないかぎり、死者に鞭打《むちう》つようなことはね」

社内で最も関係が深かった渥川が、館野に露骨な嫌悪をしめしていた。渥川の主張こそ正しいという見方もできる。一方でただの個人的意見ともとれる。李奈は疑問を口にした。「事実はどっちでしょうか」

瀬尾刑事が首を横に振った。「なんともいえません。人によって合う合わないはあるでしょうし、館野さんには友達がほとんどいなかったので、そもそも内に秘めたるものを知る人も皆無に近くて」

「トラブルは起きてないんですね？」

「ええ。館野さんはまったく問題のない社員でした。取り立てて優秀なわけではないけれども、これといった欠点もない、人あたりはとてもよいという評価で……。役員になるのは無理でも、それなりに出世はするだろうとみなされていました」

「ブランド桃の〝桃太郎〟との接点はゼロですか？」

「そっちもきいてまわりました。株式会社ネギイは五年前、他社から〝桃太郎〟の流通を引き継ぎました。しかし〝桃太郎〟なる桃を商標登録していた、別の生産業者から訴えられています」

「ネギイは流通を担当してるだけなのに、訴えられちゃったんですか」

「販売差し止め請求だったようで、ネギイによる小売店への卸しも、業界のルール違反とみなされました。裁判で和解が成立するより早く、ネギイは〝桃太郎〟から手を引いています。以後は別のところで商標をめぐる裁判が継続中です。なんにせよ館野さんは関わっていません」

「それで確定でしょうか」

「警察には不疑不関《ふぎふかん》の原則というものがあります」

「不疑不関……」

「疑わしくなく関わりもないとされるものは、あるていど立証された段階でそれ以上の追及をやめ、ほかをあたります。もしなんらかの疑惑が生じれば、あらためて調べ直します。捜査員の数や経費にもかぎりがあるので、そのようなやり方がとられます」

「疑惑が見つかるまでは、とりあえず問題なしとみなすってことですか」

「そうです。もちろん最初からシロときめつけるのではなく、一定の証拠や証明が揃った場合にかぎられます。際限なく四方八方に疑いの目を向けていたのでは、絞りこめるものも絞りこめないので、不疑不関の原則に基づき捜査するんです」

「ブランド桃の〝桃太郎〟訴訟は、とりあえず無関係とみなすということですね?」

「いまのところはそうです」

不疑不関の原則か。李奈も学ぶべきかもしれない。なにもかも疑うばかりでは、すべてが怪しく見えてくる。おかげで思考は散らかったままだった。だが疑惑をどこに絞りこめばいいのだろう。館野良純に狙われる理由があったかどうかさえ、現時点では定かではない。

李奈は辺りを見まわした。「きょうの聞きこみは……」

瀬尾刑事が説明した。「いまのところ館野さんの線では、殺害される理由が見当たりません。そこでもうひとりの被害者に関する証人を探しました。宇戸平幸之助さんは近所づきあいも希薄で、むしろ嫌われていたため、親しい人はなかなか見つからなかったんですが……」

新宿署の小野刑事がいった。「品川署の捜査本部から連絡を受け、うちのほうでも調べました。すると宇戸平さんは年金が入るたび、ここゴールデン街に飲みに来ていたとわかりました。行きつけの店の主人は、十年来の知り合いだったと」

李奈は当惑をおぼえた。「わたしが聞きこみに同行する必要は……?」

瀬尾刑事が足をとめた。「それがあるんです。小野さん、そこだね?」

「ええ」小野刑事が指さした。「宇戸平さんが生前、足しげく通ってた店です」

看板には〝衒学《げんがく》〟とある。外観はバラック長屋の一店舗にすぎない。準備中の札がかかっているが、小野刑事がかまわずドアを開けた。なかに声をかける。「こんにちは。昼間から悪いね」

鶴山刑事も店内に入った。瀬尾刑事にうながされ、李奈はつづいた。想像以上に狭かった。六畳もないかもしれない。カウンターの手前に椅子が三つ、ほかに客席はなかった。正面の壁は当然ながら酒棚だが、それ以外はモノクロの顔写真や似顔絵が入った額が埋め尽くしている。一見したところ、なんと著述家ばかりだった。ただし文豪と呼ばれる有名どころとは、やや趣を異にする。癖の強い作家の顔がずらりと並ぶ。

店の主人は白髪に浅黒い顔、七十代ぐらいの男性だった。いかつい顔は刑事といい勝負に見える。小野刑事とは知り合いらしかった。品川署のふたりの刑事を、小野が店主に紹介した。瀬尾刑事は杉浦李奈について、また文学の専門家といった。

「文学の専門家？」店主が眉《まゆ》をひそめた。「このお嬢ちゃんがか」

小野刑事が咳《せき》ばらいをした。「鯨井《くじらい》さん。営業中じゃないんだから」

「ああ、ごめんよ」鯨井と呼ばれた店主は、壁の額縁に顎《あご》をしゃくった。「この人が誰だかわかるかい」

丸眼鏡をかけた和装の男性だった。李奈は微笑した。「小栗虫太郎《おぐりむしたろう》さんです。『黒死館殺人事件』や『人外魔境』の」

鯨井の目のいろがわずかに変化した。「じゃこっちは？」

西洋の古い彫版画だった。書斎で執筆中の姿が描かれている。これも李奈にとって難問ではなかった。「シラノ・ド・ベルジュラック、十七世紀のフランスの作家です」

「へえ」鯨井がようやく笑った。「よく知ってるな」

「宝塚星組公演を観に行ったので……。奇抜な比喩《ひゆ》が頻出する喜劇『かつがれた衒学者』を書いてます。小栗虫太郎のほうは、もちろん徹底した衒学趣味です。ここにあるのは衒学絡みの作家ばかりですね」

「たいしたもんだ。百万点」鯨井の物言いはいかにも飲み屋の店主だった。「客は安酒にしか目がなくて、こういうもんをわかっちゃいねえ」

小野刑事が李奈にささやいてきた。「私も電話でいちど、けんもほろろの憂き目に遭いまして」

「ああ」李奈は笑った。本好きのへそ曲がり、しかも衒学趣味のファンとくれば、意思の疎通も難しいだろう。客でもない警察官に対し、やはり衒学で翻弄《ほんろう》することを忘れないはずだ。

李奈は店内を眺めた。「宇戸平さんも読者家だったんですか」

「とんでもない!」鯨井は顔の前で手を振った。「うちの客なんて字も読めねえ。本当だぜ? 領収証を要求しては、ゼロがひとつ足りねえとか、寝ぼけたことをいう輩《やから》ばっかでよ」

鶴山刑事がいつものようにからから口調に転じた。「同好の士が集まる店にしたかったんだろうが、気の毒にな」

「刑事さん」鯨井が鶴山を睨《にら》みつけた。「俺だって馬鹿じゃねえ。酒飲みの趣味はさまざまってことぐらい知ってるよ。ただ店のなかは自分の部屋みたいなもんだ。店主の好きにできるだろ」

「いうほど衒学ってのを発揮してくれないんだな」

「なんでそんなに鎌をかけてくる？　いいだろ、説明してやる。非日常的空間ってのは、飲酒による陶酔を高める作用がある。客はこの作家たちと衒学の相関関係を知らないが、そのうち酔ってくると、いったい誰なのかときいてくる。俺は作家の書いた作品について語ってやる」

「それがやりたくてこういう店にしてるのか？」

「そうとも。客は感心したり怖がったり、いろいろ面白《おもしれ》えんだ。衒学趣味の面白さを、本を読まねえ客に味わってもらってるのさ」

「客商売にしちゃ悪趣味だな」

「小説の衒学趣味に嵌《は》まったら、どれだけ人生が楽しくなるか、そのお嬢ちゃんにきいてみろよ」

鯨井は衒学趣味の作家に心酔しているようだ。小説を読んで得た知識を、自分も披露したくてたまらないのだろう。李奈は首をひねってみせた。「宇戸平さんもそんなお客さんだったんですか」

「うちはこういう店だからな、夜の混む時間帯でも閑古鳥が鳴いてる。俺が好きでそうしてるんだが、おかげでよそから爪弾《つまはじ》きにされた宇戸平さんが、ぶらりと入ってきた。それが十年前の出会いになる」

「宇戸平さんは衒学趣味を楽しまれてたんですか？」

「俺が『黒死館殺人事件』よろしく、神秘思想やら暗号やら紋章学やら、好き放題に喋《しゃべ》るのに対し、容赦なく突っこみをいれてきた」

鶴山刑事の眉間《みけん》に皺《しわ》が寄った。「突っこみだ？　それじゃ腹が立ったろう」

「馬鹿いえ」鯨井はさも愉快そうに笑った。「突っこみがなきゃ、俺が延々喋りつづけるだけじゃねえか」

「どんな突っこみだ？　宇戸平さんはそんなに利口だったのか？」

「いや。うるせえとか、つまらねえとか、黙ってろとか、そういう低俗な野次に終始してやがった」

「そんな状況でよく十年も関係がつづいたな」

「お嬢ちゃん、この刑事に教えてやれ。衒学趣味の小説ってのは、読者が突っこみをいれながら楽しむものなんだよ。俺は突っこまれて最高に気分がよくなるわけだ。この作家たちと同じようによ」

刑事三人が訝《いぶか》しげな目を向けてくる。李奈はただ笑顔を取り繕った。鯨井のいうことの一部はわかる。だが客に突っこまれて喜ぶ店主の心理は不可解だった。

鯨井がつづけた。「酔っ払い客をからかうことで、俺は自尊心を満たしてきた。俺の演説を客がおとなしくきいてくれれば、それでよし。楽しませてやったという自負も得られる。一方で異論を唱えてくる客とは、徹底的に議論する」

鶴山刑事が顔をしかめた。「嫌な店だな」

「ゴールデン街は無名の作家やら映画監督やら、意識高い系の吹きだまりだからな。やりこめたくなるんだよ。ところが宇戸平さんはちがった。もっと単純に嚙《か》みついてきた。俺にとっちゃ新鮮な喜びだった。衒学に惑わされない単純な思考。店主との知恵くらべに応じず、嫌なものは嫌とはっきりいう生得的なすなおさ」

「むしろふつうだろう」

「ここじゃそうでもねえんだ。宇戸平さんはかっこつけない。馬鹿にされたり見下されたりするのを恐れず、本能の赴くままに罵声《ばせい》を浴びせてくる。見たまんまの猿ってことだ」

小野刑事があきれ顔になった。「故人に対する侮辱だな」

「ちがう」鯨井がカウンターに寄りかかった。「愛すべきイレギュラーな客だ。まさしく人間界に迷いこんだ猿って感じでよ。利口ぶったりせず感情を態度に表す。でも酒を飲めばとろんとする。そんなとこが愛《いと》おしくてよ」

李奈は戸惑いがちにささやいた。「いい人だったってことですね。宇戸平さんは」

「ああ」鯨井は大きくうなずいた。「いつも酩酊《めいてい》状態みたいな振る舞いで、子供っぽくて、寂しがり屋で……。奥さん亡くしてからは余計にそうなった。近所じゃ煙たがられてたんだろ？　わざとやってるといってた。こんな見てくれだから猿蟹《さるかに》合戦を演じてやったって」

はっとさせられる。李奈は驚きとともにきいた。「宇戸平さんが自分で猿蟹合戦といってたんですか」

瀬尾刑事がため息をついた。「新情報だな」

鯨井が鼻を鳴らした。「そいつはなにより。宇戸平さんはなんていうか、アル中の末期でよ。酒が入ったほうが一時的に頭がシャキッとするとこがあって、最近は自分の手の内をばらしてた。ほら、お笑い芸人が、いかにも難しいことをやってるみたいに、いろいろ理屈をこねるだろ。あれみたいなもんだ」

　鶴山刑事が鯨井に問いただした。「猿蟹合戦は故意だったって？」

「おうよ。近所とのコミュニケーションだとか、もっともらしいことをいってやがった。俺の衒学《げんがく》の影響を受けちまったのかもな」

「本当に故意だったのか？」

「いや。本能の赴くまま行動したのち、酒の力を借りて、精いっぱいの自己弁護をしてる感じだった。深い考えがあってやってたとは思えねえな」

「でも」李奈は疑念を募らせた。「嫌われてる自覚があるのに、なんで宇戸平さんはご近所への嫌がらせをつづけたんでしょうか」

「美人のお嬢ちゃんにはわからねえだろうが、人は無視されるのがいちばん堪《こた》える。本来は他人から好かれようとするが、それが果たされねえとなると、嫌われてでも認知されてえと思うんだよ。空気になっちまうよりましだ。認識さえされてりゃ、嫌いって感情もいつかは、好きに変わるかもしれねえしな」

　鶴山刑事がやれやれという顔になった。「透明人間じゃ永久に好かれることは期待できないからか」

「そのとおりだ」鯨井は語気を強めた。「自分の存在を誇示できてりゃ、ワンチャン好きになってもらえるかもしれねえ。かまってもらおうと必死なんだよ。猿はよ」

店内はしんと静まりかえった。長屋のどこかで壁紙を貼り替えているようだ。それらしいノイズが響いてくる。物音はそれだけだった。

李奈は沈黙を破った。「宇戸平さんはほかになにか……。猿蟹合戦じゃなく、桃太郎についての言及はありませんでしたか」

鯨井が鼻で笑った。「芥川の『桃太郎』が死体と一緒に見つかったんだって？　小野さんからきいたよ。そのうちニュースになったら大騒ぎだな。だから早《はえ》えところなんとかしてえんだろうが」

鶴山刑事が釘《くぎ》を刺した。「余計なことはいい。杉浦先生の質問にだけ答えろ」

「ならきけよ。宇戸平さんはな、桃太郎なんてひとこともいっちゃいねえ」鯨井が声を荒らげた。「あの人は自由人だ。たしかに猿みてえな性格だが、ちゃんと人としてのプライドもあった。誰かからきび団子をもらって家来になるようなタマじゃねえ」

「改造ガスガンで狙われる理由はありそうだったか？」

「小野さんよ。電話でもいったとおり、こっちは時間で商売してんだ。十五分を超過したら金をもらう約束だぜ？　いまちょうど十五分……」

瀬尾刑事が李奈をドアにうながした。「邪魔したな」

刑事たちがぞろぞろと外にでる。李奈も囲まれながら連れだされた。背後でドアが閉まる寸前、鯨井が「けっ」と吐き捨てた。

四人で路地を引きかえす。李奈のなかで困惑が深まった。「もう少し話をきけば、なにかわかったかも……」

小野刑事が否定してきた。「あいつは会話を長引かせて、本気で金をもらいたがってたんです。情報屋気取りでしょう」

鶴山刑事もうなずいた。「じつはほかにネタもない」

「同感だ」瀬尾刑事は歩を速めた。「杉浦先生。おかげであいつの本音をきけました。宇戸平さんと仲はよかったみたいですが、たぶん店主と客の関係でしかないでしょう」

宇戸平幸之助は奇異にすぎる人物ではなかった。むしろ不器用なりに人間味にあふれていた。そのことがわかっただけでも進展といえるかもしれない。南品川七丁目での聞きこみでは、けっして浮かびあがらなかった人となりだ。

李奈はふと思いついた。「友達の少なかった館野さんも、どこか行きつけの店があれば、そこの人にはなにか本音を語ってるかも」

「いえてますね」瀬尾刑事が硬い顔で同意した。「そういう店があったかどうか、さっそくあたってみましょう。ですが、杉浦さん」

「なんですか」

「もうマスコミを抑えきれない状態です。限界が間近になりました。興味本位の大騒ぎが始まろうとしてます」

この時間のわりには、日没寸前のように暗かった。雨雲が空を覆いだしている。李奈も急ぎ足に転じた。「ひと雨きそう」

もうタイムリミットが迫っていた。日本じゅうが桃太郎見立て殺人に沸き、ガセネタが飛び交いだす。その前になんとか手がかりをつかまねばならない。

16

李奈は阿佐谷のアパートに戻り、デスクに向かっていた。物音にぼんやりと注意を喚起され、視線があがった。窓辺を眺める。いつしかカーテンの向こうが暗くなっていた。

ずっと室内は無音ではなかった。なにもきこえずにいたのは、それだけ集中していたからだろう。きょうも航輝と母が来ている。ふたりは隣のキッチンで夕食づくりを進めている。

パソコンの画面には小説の原稿があった。『雨宮の優雅で怠惰な生活2』の第一章に手を加え、第二章の最後まで書き上げた。菊池の指摘は正しかった。このプロットは無理なく一般文芸に移行できる。李奈がいま得意とする文体も、多分に私小説的になっていた。

いまのところ順調と感じる。きょうはこんなものだろうか。バイトとの両立が長いせいか、小説の執筆のみに集中しつづける脳がない。ほかの仕事をしてから、翌日また原稿に戻ったほうが、自分の書いた文章を適度に忘れていて、客観的な直しが進む。きょうはこれまでにしよう。

これはサボり癖ではないと自分に言いわけしながら、パソコンのわきを眺める。芥川の文庫本に手が伸びた。こちらも重要な問題だ。

李奈は文庫本を開いた。277ページ。もう何度も読んだ『桃太郎』に、あらためて目を通す。

この短編は全体で六節からなる。第一節と六節が、赤ん坊を孕《はら》むふしぎな桃の木の話。それらに挟まれるかたちで、二節から五節にわたり、桃太郎の民話のアレンジが綴《つづ》られる。二節が桃太郎と家来、三節が鬼が島の描写で、四節は桃太郎対鬼、五節がまた桃太郎と家来。無駄を省いた物語の構成といえる。

しかしごく短い作品にあって、物語が動きだすより前に、たっぷり一節をかけて桃の木について語っている。童話の『桃太郎』の冒頭では、おばあさんが川で洗濯をしているところに、桃が流れてくる。芥川はその前段階を書いた。そこに重要な意味があるように気がしてならない。

航輝がエプロン姿で顔をのぞかせた。「李奈。進んでるか？」

「いまは休憩中」李奈はいった。「芥川が書いた桃の木のことを考えてた」

「ああ、そっちか。そんなに難しいことじゃないだろ」

「そう？」

「現世の物語から書きだすと俗っぽいから、雄大なファンタジー調の幕開けにしてるんだよ。雲の上にある木だとか、一万年にいちど実をつけるとか、そんなのはたいして意味がない」

「なんでそういいきれるの？」

「でかい桃の木から、桃が川に落ちて流れだした、それだけだ。桃から生まれた桃太郎の説明にはなってない。大昔の人はなんでそんな発想になったのかな」

李奈は苦笑した。「大昔の桃太郎は、桃から生まれてない」

「なに？　ほんとかよ」

「〝桃から生まれた桃太郎〟ってのは、明治期以降に定着した設定なの」

「ならどこから生まれた？」

「おばあさん」

「……超高齢出産かよ」

「ちがう。江戸《えど》期以前の草双紙では、おじいさんとおばあさんが桃を食べたとたん、ふたりとも若返っちゃうの」

「マジか。それであの、お盛んになって……？」

「まあそう。妊娠と出産に至るわけ」

「なんで明治時代に設定が変わったんだ？」

「小学校の教科書に載せるにあたって、やっぱ経緯を書くのがちょっと……。コウノトリが赤ちゃんを運んでくるってのと、似たような話になったっていうか」

「なるほどな。昔の設定のほうが、おじいさんとおばあさんにとってはよかっただろうな」

　母の声が飛んだ。「航輝。ササミはどこ？」

「あ、まだ袋のなかだ」航輝がキッチンへ引きかえしていった。

李奈は文庫本に目を戻した。芥川は元の話に触れなかった。むしろ桃の木を描写することで、明治以降の桃太郎譚《たん》について背景を補強した。そこにはどんな狙いがあったのか。

桃は日本古来の神話において、不老不死につながる霊薬とされてきた。老夫婦が若返る、江戸期以前の『桃太郎』の話では、この霊薬たる桃が川を流れてきたと考えられる。芥川の『桃太郎』の序盤では、桃のなかに赤ん坊が宿っているのだから、あきらかに相容《あいい》れない。けれども〝老夫婦の若返り〟も、『桃太郎』のオリジナル・バージョンと断定はできない。

シンデレラ譚《たん》と同じく『桃太郎』も、全国各地に伝承がある。民話の成立はおそらく室町《むろまち》時代で、安土桃山《あづちももやま》時代には物語として記述された。一六〇〇年、慶長《けいちょう》五年の慈雲院命鑑玖誉『太郎物語』が、確認できる最古の文献といわれる。そこではおじいさんとおばあさんの若返りではなく、最初から若い夫婦が神仏頼みで子を授かる。

その話がのちに、桃を食べた高齢夫婦の若返りへと変わり、明治期には桃から生まれることになった。もっとも江戸初期にはすでに地域により、桃から生まれる話があったり、赤ん坊の入った箱が川を流れてくる話があったりした。明治期より前でも、子供に物語をきかせるにあたり、大人による工夫が凝らされたのだろう。

鬼が島について、芥川は〝椰子《やし》の聳《そび》えたり、極楽鳥の囀《さえず》ったりする、美しい天然の楽土〟と書いた。すなわち南の熱帯地方であることをほのめかしている。しかし本来の『桃太郎』では、鬼が島は北東にあると考えられてきた。

陰陽道において鬼は、十二支の丑《うし》と寅《とら》のあいだの方角、鬼門から来る。この方角が北東にあたる。鬼が牛の角に虎皮を纏《まと》うのも、そんな陰陽道の思想に基づいている。だからこそ鬼門とは正反対の方角、申《サル》、酉《トリ》、戌《イヌ》が桃太郎の仲間に加わった。これを考慮すれば、酉《トリ》がキジである必要はなく、例の事件でスズメが撃たれたことも矛盾はなくなる。

申《サル》、酉《トリ》、戌《イヌ》はそのように、鬼に対抗するための心強い同志であり、桃太郎との関係もあくまで同盟だった。三匹が〝家来〟と表現されるようになったのは、明治中期以降、軍国主義教育が進んでからだ。

そのころから桃太郎は、日の丸の鉢巻に陣羽織、幟《のぼり》を立てた戦装束《いくさしょうぞく》になった。当時、童話作家の巖谷《いわや》小波《さざなみ》が文部省嘱託となり、教科書に載せる『桃太郎』の執筆に関わっている。巖谷は鬼が島の方角を、北東ではなく〝東北〟と表現した。ちょうど日清《にっしん》戦争の勃発《ぼっぱつ》前後であり、日本軍の遠征に重ねようとしたのだろう。

芥川が『桃太郎』を発表した一九二四年、日本軍は南方への勢力拡大を狙っていた。

鬼が島の位置が南の熱帯地方に移ったのは、それを反映している。芥川版でも〝旗とか太刀とか陣羽織とか〟を身につけるのだから、軍国教育用の『桃太郎』が強く意識されているとわかる。桃太郎の犬たちへの接し方も不遜《ふそん》きわまりない。初めから家来のあつかい以外のなにものでもない。

つまり芥川は、ただ童話をシニカルな視点で再構築したのではない。巖谷小波版から定着した『桃太郎』の本質を暴こうとしたと考えられる。そんな角度から芥川版『桃太郎』を再検討してみる。冒頭と末尾にでてくる桃の木。未来の天才。それらはなにを表すのか。

母の声がきこえた。「李奈。ご飯よ」

「はぁい」李奈は立ちあがった。家にいたころと同じように返事してしまった、そんな自分に苦笑させられる。

ダイニングキッチンに移動すると、食卓の上はいっそう実家のいろが濃くなっていた。しらすとネギをまぶした豆腐、レンコンとキノコの炒《いた》め物、エビとアスパラガスにトウモロコシを加えたかき揚げ。いかにも母の手料理が揃っている。

この時間、テレビは7チャンネルにしておくのが常だった。李奈の日常と無関係な経済ニュースが大半を占める、そんなテレビ東京こそ安らげる。

席につこうとしたとき、キャスターの声が耳に飛びこんできた。「岡山産のブランド桃〝桃太郎〟について、商標権を主張していた株式会社青柳《あおやぎ》商店は、同じ商標を株式会社ネギイの扱ってきた、別のブランド桃にも認めるとの発表をおこないました」

航輝がテレビに目を向けた。「ネギイって、事件の被害者に関わりがある……」

「そう。館野さんが勤めてた会社」李奈はキャスターの声に耳を傾けた。しかし情報はそれだけだった。ほかの企業に関するニュースばかりが、次々に羅列されていく。

ネギイと競合してきた企業が、このタイミングで一歩譲った。軋轢《あつれき》から身を退《ひ》いたというべきかもしれない。南品川七丁目の連続殺人事件に関し、芥川の『桃太郎』についてはまだ報道されていない。被害者のひとりがネギイ勤務だったこともだ。しかし青柳商店なる企業は、早々に情報を得て、騒ぎに巻きこまれることを嫌い、ネギイと距離を置こうとした可能性がある。

あるいは青柳商店がすでに、殺人現場に残された『桃太郎』を承知していたか。そこまで考えるのは穿《うが》ちすぎだろうか。

母が鶏肉《とりにく》のみぞれ煮を運んできた。「さあ。これがきょうのメインディッシュ」

「えー」李奈はいった。「多くない？」

「あんた痩《や》せすぎでしょ」母も着席した。「しっかり食べとかないと」

「いただきます」李奈は手を合わせた。李奈の箸《はし》はまず豆腐に伸びた。

航輝もいただきますといってから、真っ先に鶏肉を頬張った。「うん。やっぱ、さすがにうまい」

「でしょう」母も箸を進めながらつぶやいた。「うちに帰ってくれば毎日食べさせてあげられるのに」

李奈の胸のなかにまた暗雲が垂れこめだした。「せっかくのご飯が美味《おい》しくなくなる」

「なんで?」母がじっと見つめてきた。「お母さんが作ったご飯なんだから、お母さんのトークとセットでしょ」

「作家論はよしてよ。食事は食事。作り手の政治的意図は関係ない」

「出版社の人からいいお話をもらったんでしょ? ならあとは伊賀に帰っても仕事できるじゃないの」

「原稿が書きあがらないと出版は確定しないんだって。それももし不出来だったら蹴《け》られる恐れもある」

「なんでそんなに卑下するの。ガツンといってやりゃいいでしょ、出版してくれるはずだったって」

「そんなわけにいかないの」

「どうして?」母がじっと見つめてきた。「理由は?」

思わずため息が漏れる。李奈は母を見かえした。「いい? 農作物をスーパーに卸してる農家があって、今期ぶんの取引も確約してたけど、どれも腐ってて売り物にならない。なら取引はご破算。そういうこともあるでしょ」

「あんたの原稿が、腐った農作物になるかもしれないってこと?」

「……編集者さんに気にいられる原稿になるかどうか、書いてみないとわからないんだってば」

航輝が口を挟んだ。「お母さん。創作ってのは水ものだからさ」

李奈は顔をしかめてみせた。「水ものってのとは少しちがう。ただ芸術性が読者に理解されるかどうか、予想できないところがあるの」

母が鼻を鳴らした。「芸術性ねぇ」

いらっとくる物言いだった。李奈は憤りをおぼえた。「お母さんになにがわかるの」

「あんた高校のとき、読書感想文コンクールで学校の代表に選ばれたでしょ。でも地区審査から上には行かなかった」

航輝が眉《まゆ》をひそめた。「表彰の盾をもらわなかったか? 家にあるだろ」

「盾？」母が真顔になった。「あれは参加賞みたいなもんでしょ」

李奈はげんなりした。厳密には参加賞ではないが、その表現は事実に近い。あのプラスチック製の盾にはＫＡＤＯＫＡＷＡと書いてある。青少年読書感想文全国コンクールの主催者からの贈呈ではなく、角川文庫の課題図書で校内審査に選ばれた全員に、漏れなく配られているときいた。

しかし高校当時の読書感想文で、将来を否定されたのではたまったものではない。李奈は異議を申し立てた。「わたしが小説家を志したきっかけはほかにあるの。お母さんは忘れてるだけ」

「ちゃんとおぼえてるわよ」母がやれやれという態度をしめした。「なんか漫画っぽい雑誌の最終選考だかに残ったんだっけ？　ページの隅にちっちゃな名簿があって、あんたの名前もあった」

中二のときに応募したライトノベルの新人賞、最終選考の発表は氏名と題名のみの羅列だった。李奈は飛びあがって喜び、さっそく両親に見せた。へえ、という反応だった。

母がいった。「李奈。もう大人になったんだからわかるでしょ。あんなものだけで高校の受験勉強をせずに、中卒で小説家になりなさいなんて、親がいえると思う？」

「あんなものって……」

「夢なんか見てないで、まずは勉強しなさいって、あんたも子供ができたらそういうでしょ」

「わたしはいわない！　子供の話をよくきいてあげて、原稿も読んで、才能があると思ったら応援してあげる」

「応援しないとはいわなかったでしょ。ただ高校をでて、大学行きながらでも、小説は書けると伝えただけじゃないの」

「学業で忙しいぶんだけ遅れをとっちゃう。あのころから小説だけ書いてたら、いまごろはもうちょっとましな状況だったかも」

「いま〝かも〟といったでしょ。そうじゃないかもしれないわよね。ねえ李奈。あんたは目先の受験勉強が嫌で逃げたがってただけ。会社員になりたくない、毎日通勤したくないって、そんな甘えた気持ちが優先してた」

「ちがうよ」

「ちがわない。実際にはどう？　受験勉強して大学に行って、身についた知識が小説に役立ってるんじゃなくて？　日本史や世界史や、日本語そのものや、一般教養も備わっててよかったでしょ。小説を読む人たちも教育を受けてて、頭がいいんだからね」

「役立つものはあったけど、勉強は必要に応じて独学でやっていけたでしょ。出版社と関わりを持って、小説家としての道を歩みだすのは、早いほうがいいの」

「中卒で上京してひとり暮らしして、小説家デビューをめざしながら勉強も自分でするって？　お母さんはだまされない。ゲーム三昧《ざんまい》の引き籠《こ》もりと化すのがおち」

「いまのわたしを見てよ。そうなってないでしょ」

「大学をでたからよ。ライトノベルってやつで、中世みたいなお城で剣とか魔法とか、『ドラゴンクエスト』もどきを書くのなら、そりゃ十五のあんたでもなんとかなったかもしれない。でも出版社からちゃんとした大人向け小説を書けといわれたら？　あんたがそっちも書けたのは、勉強してきたからじゃなくて？」

「大人向け小説だけじゃたいして儲からない」

「だけどラノベばっかり書いてて、中年以上になったらどうすんのよ」

李奈は口ごもった。母のいうことはいちいちもっともだ。けれども昔を思いだすと不満が募ってくる。李奈はまた声を張った。「お母さんはいまでも、ラノベより一般文芸のほうが上って思ってるんでしょ。ほんとはちがう。どっちだろうと売れてる作家さんはすごいの。むしろラノベのほうがメディアミックスで、大きな収入につなが

「あー。昔からいってたわね。誰だっけ。あんたがご執心の作家や題名を挙げ連ねて、どんなに素晴らしいか饒舌《じょうぜつ》に語ってたでしょ。お母さんがどういったかおぼえてる？」

本当は記憶している。だが李奈は首を横に振った。「忘れた」

「お母さんがいったのはね、そのラノベだかアニメだかのよさを、李奈がこんなにわかってると力説したところで、道は開けないってこと。誰か業界人がいきなり現れて『そうか、そんなにこれの素晴らしさがわかってるのか。なら仲間に加えてあげよう』とはいわない。消費してるだけの人はただのお客さん。偉くもなんともない」

かつての中二病を的確に指摘され、頭に血が上る。当時といまがあまり変わっていない、そんな自覚があるからだろうか。けれども母にマウントをとられるのは我慢ならない。李奈は早口にまくしたてた。「わたしはただ待ってただけじゃないでしょ！自分から行動を起こしたの。新人賞に応募したりカクヨムに投稿したり……。もとはといえば、田舎でなんにも希望の持てない家に生まれたからじゃん！　わたしは夢を見れなかったの！」

航輝が困惑顔を向けてきた。「おい李奈。そりゃいくらなんでも……。俺もただのしがないサラリーマンだよ。みんなそうやって生きてるんじゃないか」

母が真顔で身を乗りだした。ため息まじりに母がささやいた。「李奈。あんたの小説、櫻木沙友理にはほど遠いでしょ。ひとり暮らしで困窮してるし、このままじゃ食べていけない可能性が高いって、親が不安になるのわからない？」

李奈は箸《はし》を叩《たた》きつけるや立ちあがった。怒りに我を忘れそうになる。ただ頭の片隅で、母は正論を語っただけ、そんな声がささやいた。それでも娘を気遣うのなら、もう少し言葉をオブラートに包んでもよさそうなものだ。

この場にいることが耐えられない。李奈は隣の部屋に向かいだした。

「おい」航輝が声をかけた。「まだほとんど食べてないだろ」

「仕事が先。ほっといて」李奈は書斎兼寝室に入ると、後ろ手に引き戸を閉めた。

隣から母や兄の声が呼びかけてくるかと思ったが、しんと静まりかえっている。李奈はデスクに向かった。執筆を再開しようとしたものの、いらいらして集中できない。仕方なく芥川の文庫本を手にとる。不可解な第一節を飛ばし、二節を読みだした。


桃から生れた桃太郎は鬼が島の征伐を思い立った。思い立った訳はなぜかというと、彼はお爺さんやお婆さんのように、山だの川だの畑だのへ仕事に出るのがいやだったせいである。その話を聞いた老人夫婦は内心この腕白ものに愛想をつかしていた時だったから……

自分と重なるように思えてくる。李奈は嫌気がさし、本をパソコンのわきに戻した。どうにも気持ちがおさまらず、頭を掻《か》きむしる。

そのうち腹が鳴った。きょうはまだろくに食べていない。強がるのは夕食を摂《と》り終えてからにすればよかった。いや、箸が進んでいないうちに、李奈を煽《あお》ってきたのは母だ。

ノックの音がした。李奈はわざと不機嫌な声の響きで応じた。「どうぞ」

引き戸が開いた。入ってきたのは航輝だった。小声で航輝がいった。「お母さん、帰るって。俺も送ってかなきゃ」

「……食事、もういいの？」

「ああ。俺は充分食べた。お母さんも味見してるうちに、結構な量をつまんだって。あとは李奈が食べていいって」

かすかな動揺が生じ、腰を浮かせるべきかどうか迷う。隣の部屋に行ったほうがいいのか。しかし母と顔を合わせれば、またひと悶着《もんちゃく》あるかもしれない。

航輝が心のなかを察したように微笑した。「いいから。李奈は仕事で忙しいって、お母さんも納得してるよ。じゃ、無理しすぎないようにな」

それだけいうと航輝は引き戸の向こうに立ち去った。閉じた引き戸の向こうで物音がする。やがてドアの開閉する音がした。その後は静寂だけがひろがった。

李奈は立ちあがり、引き戸に歩み寄った。そろそろと戸を横滑りに開ける。

誰もいない食卓だけが残っていた。食事にはすべてラップがかけてあった。

視線が床に落ちる。胸のうちに感傷がこみあげてくる。結果をだせていればこんなふうにならなかった。なにもかも自分が悪い。

17

翌日の午後、瀬尾刑事から連絡が入り、神田《かんだ》の古書店に行くことになった。

三省堂書店の裏を走る路地沿い、古びた雑居ビルの一階、ごく狭いスペースにその店はある。半ば物置然とした店内は埃《ほこり》っぽく、かなりの年月を経ているとわかった。

住所は神保町《じんぼうちょう》一丁目だが、所轄の神田署の刑事は同行していなかった。きょうは品川署の瀬尾と鶴山、ふたりの刑事だけだ。なぜかふたりとも、最初《はな》から浮かない顔をしている。あくまで事務的に淡々と、店主の話をききましょう、それだけを告げてきた。なにかあったのだろうか。

店主は高齢の女性だった。七十代とも八十代ともつかない、痩《や》せた婦人がレジのわきに立っている。矍鑠《かくしゃく》としていて、思考も会話も問題ないようだ。婦人の名は池端和《いけはたかず》子《こ》。夫が始めた池端書店を、ひとりになっても引き継いでいるという。

和子は愛想よくいった。「こんな店だからね。お客さんとも仲良くなって、長話をしたりして。だから館野さんのことは、よく知ってるんですよ」

沈黙が生じた。刑事たちが積極的に質問しようとしない。李奈は当惑をおぼえつつ和子にきいた。「館野さんは難しめのビジネス書を〝積《つ》ん読《どく》〟にする傾向があったとか」

「いいえ。〝積ん読〟じゃなくて、ちゃんとお読みでしたよ。前に買った本の感想を延々と語りたがるの」

「……知性に対する賞賛を求めてる感じでしたか？」

「全然。館野さんをそんなふうにみなす人がいましたの？　それはずいぶんひねくれた見方だと思いますよ。あんな紳士はいまどきめずらしいぐらい」

ようやく鶴山刑事が和子に問いかけた。「館野さんがこちらのお店を訪ねるようになって、どれぐらい経ちますか」

「さあ。十年ぐらいかしら。もうちょっと長いかもね。常連のお客さんには、いつもありがとうございますと声をかけることにしてましてね。それがきっかけで会話が始まることが多くて。館野さんもそう。そのうちご家族の話もしてくれるようになって」

「どんなことですか」

「奥様の誕生日には欠かさずプレゼントしてるとか。娘さんが小学生のころは、あまり勉強できなかったけれども、奥様と一緒に励ましたら頑張ってくれて、私立中学に入ったとか。部活を辞めたがってたときにも、逐一相談に乗ってあげたとか。娘さんは無事に大学に進学なさったのよね。ほんとに真面目なご家族で」

そこは事実にちがいなくても、仕事面はどうだろう。トラブルを抱えていなかったのか。李奈は和子にたずねた。「会社のお話はなかったですか」

「ええと、野菜卸売関係の企業にお勤めじゃなかった？　ご自身のお仕事については、ほとんどなにもいわなかったけど、ほかの部署のかたに助言したこととか」

「誰にどんな助言を……？」

和子が笑った。「〝桃太郎〟っていう桃を扱ってたんですって？　そこの部署が取引でミスをしたので、どうすればいいか一緒に考えてあげたそうですよ」

刑事たちが神妙な顔を李奈に向けてきた。鶴山刑事が和子に視線を戻した。「ブランド桃の〝桃太郎〟について、館野さんはほかになにか話していましたか」

「いいえ。具体的なことはなにも……」

瀬尾刑事が李奈に耳打ちしてきた。「こちらのかたには、事件現場に芥川の『桃太郎』があったことを知らせていません」

鶴山刑事から和子への質問がつづいた。「〝桃太郎〟以外に、仕事関係でなにかきいてませんか」

「そうねえ。奥様や娘さんがパートやアルバイトをしなくてもいいように、自分が頑張るといってましたよ。娘さんは何度かアルバイトをしたけど、人間関係でしんどさを感じてたらしくて、館野さんのお小遣いのおかげで早めに辞めることができて」

いささか的外れな回答だった。鶴山刑事はあくまで株式会社ネギイにおける、館野の業務内容がききたかったのだろう。おそらく館野は、ブランド桃にわずかに触れた以外、和子にはなにも明かさなかったと思われた。

李奈は自分なりにたずねたいことがあった。「こちらでは芥川龍之介の本を扱っていますか」

「いいえ。文芸書はありませんの。ご覧の通りビジネス書や実用書が専門でね」

「館野さんは本を選ぶのに時間をかけていましたか」

「そうでもなかったかしら。直感的に何冊か選んで、レジに持ってきて、誰々のなんとか論が書かれているのはどっちでしょうかと質問してくるの。わたしにはわかりかねるというしかありませんでしたけど。そうそう、館野さんに取り置きしておいたんだった」

和子がレジの後ろの書棚を向き、数冊の本をとりだした。アーク出版と河出書房新社、フォレスト出版のビジネス書だった。いずれもカバーに退色が見受けられる。発売後、数年を経ているのだろう。値札が貼ってある。有名な本でもないのに、価格はわりと高めだった。たぶんネットで中古購入したほうが安いにちがいない。

李奈は和子にきいた。「館野さんがこれらの書名を伝えて、入荷したら取り置いてほしいとおっしゃったんですか」

「そう。たしかメモがあったはず……。どこにいったのかしら。いまはちょっと見つからないけど、あの人が題名と著者名、出版社名を書いてくれましてね」

「でも取りに来られなかったわけですか」

「ええ」和子が悲しげな顔になった。「まさかあんな事件が起きるなんてね……。館野さん、二か月ぐらい姿を見せてなかったから、そろそろ来るだろうと思ってたのに」

スマホの着信音が鳴った。瀬尾刑事がスマホをとりだした。電話に応じる。「はい」瀬尾は先方の声に耳を傾けつつ、和子に頭をさげると、さっさと退店した。鶴山刑事もそれに倣う。李奈は戸惑いながら、和子に一礼し、刑事らを追って外にでた。

神田古本屋街の路地わきで、瀬尾刑事はスマホ片手に小声で通話した。それが終わるとスマホをしまい、李奈に向き直った。

「杉浦先生」瀬尾刑事がいった。「愛友心望から捜査本部に伝言がありました。われわれではなく、杉浦先生おひとりと話がしたいと」

李奈は驚いた。「わたしと……？　永西さんがですか」

「支局長の有瀧雄造からの指名だそうです」瀬尾の顔が渋くなった。「杉浦先生。面会なさるなら、私と鶴山は自治会長宅で待機します。ただ……」

「なんですか」

「当初こちらからお願いしておいて、まったく勝手な話なのですが、きのう上司から釘《くぎ》を刺されてしまいました。捜査員でもない杉浦先生を連れまわしすぎだと」

「わたしはべつにかまいませんが……」

そういう意味ではないと瀬尾の目がうったえていた。「一般市民である杉浦先生に、深く捜査に関わっていただくこと自体、内部から問題視されてしまったのです。私の不徳の致すところです」

「いえ……。でも愛友心望の支局長さんに会って、話をきくことはできるんですよね？」

「そうなんですが……。仮に杉浦先生がおひとりで愛友心望に行かれ、なにか不審なことにお気づきになったとしても、それについて連絡を受けただけでは、われわれは駆けつけられません」

「……自治会長さん宅に待機なさるのにですか？」

「上から申し渡されました。杉浦先生は捜査員じゃないので、われわれが要請にしたがい、無条件に動くことは好ましくないと。自治会長宅での待機は、あくまで聞きこみだとか、別の理由を上に報告します。しかし今後はもう……」

鶴山刑事が瀬尾刑事にきいた。「仮に愛友心望で杉浦先生が危ない目に遭ったら、われわれはどうするんですか」

「あくまで杉浦先生が独断で行くことになるから……。危険を察知したらわれわれではなく、ふつうに一一〇番通報していただく。事件に関わりがあれば、上からの命令を受け、われわれも乗りだすことになる」

これが現実だと李奈は思った。小説のように刑事が素人探偵を頼るなど、まったく絵空事でしかない。偶然ここ数件、警察への協力がつづいたものの、やはり行き過ぎた関係はありえなかった。

「でも」李奈は困惑とともにきいた。「一一〇番通報に該当するような事案じゃなくても、重要な手がかりを得た場合は？　いままでの流れから、ことの重大さがわかることもありえますよね？」

瀬尾刑事は唸《うな》った。「杉浦先生がよほどのっぴきならない証拠をつかんだとして、画像で送っていただければ、われわれが動く理由にもなりますが……。申しわけありません。われわれも組織の歯車なので」

「愛友心望へ行くのは、わたしの自己責任ですか」

「ええ。行く行かないは杉浦先生の自由です。申しわけないのですが……」

会話は途切れた。瀬尾刑事は視線を落としたままだった。ふたりの刑事が路地を歩きだす。李奈はあわてぎみに追いかけた。

密接な協力関係はこれで終わりか。そもそも李奈になんら義務はない。本来は警察の仕事だ。

けれども自問せずにはいられなかった。芥川の『桃太郎』について、捜査担当者から謎の解明を期待された。このまま放棄してしまっていいのか。小説家の視点で気づきうることはないのだろうか。

18

時刻は午後四時近い。曇り空の下、南品川七丁目住宅街は、なにもかも灰いろに沈んでいる。

李奈はひとり愛友心望を訪ねた。きょうはゲートに制服の警備員がふたりいた。建物の周辺にも別の警備員が立っている。敷地外にはひとけがなかったが、なにかを警戒しているようだ。なんとなく物々しい。

出迎えた永西志保美は、以前のような笑みを湛《たた》えていなかった。仏頂面に近い無表情で李奈を迎えると、温泉旅館に似たメインロビーにいざなう。きょうはほかの職員たちによる出迎えはなかった。

前と同じドアに向かうかと思いきや、志保美はメインロビーの奥へと向かった。宗教法人をめざすにふさわしい、装飾過剰なロビーの壁際のカーテンを割る。その先の暗がりに入ったとき、李奈は面食らわざるをえなかった。剝《む》きだしのベニヤ板が囲む通路にでた。床は土間打ちで、あちこちに段ボール箱が積んであった。

通路を抜けるとそこは事務室だった。建物の裏手はごくふつうのサッシ窓で、臨海工業地帯が見えている。室内はそれなりに広いが、事務机がひしめきあうえに、半分近くは物置と化していた。前回ロビーで出迎えた職員らが働いている。李奈を一瞥《いちべつ》しても、みな愛想笑いのひとつもなく、ただデスクワークに戻った。

まさにバックヤード。大手書店やデパートの裏側のようだ。経典とおぼしき本など、ここには一冊も見当たらない。ホワイトボードには¥マークの付いた数列が、びっしりと書きこんである。経費か売り上げだろう。金の計算がすべての中心だった。

事務机はいくつかの島に分かれている。ひとつだけ独立した木目調のエグゼクティブデスクに、志保美は歩いていった。巨漢と呼ぶにふさわしい男性が、革張りの肘掛《ひじか》け椅子におさまっている。頭髪は薄く、首から上はほぼ球体、肩幅がやたら広かった。ワイシャツがはちきれんばかりの二の腕の太さ、胸板の厚さ。たしかにプロレスラーのような外見を誇る。眉《まゆ》を剃《そ》っているせいで凄味《すごみ》もある。黒々とした目がこちらを向いていた。志保美と李奈が近づくと、男性はのっそりと立ち上がった。

「どうも」男性は頭をさげた。「ご挨拶《あいさつ》が遅れまして。支局長の有瀧です」

「杉浦李奈です」李奈もおじぎをかえした。

有瀧はやたら小さく見える名刺入れから、一枚の名刺をつまみとった。それが李奈に差しだされる。〝株式会社愛友心望　品川支局長　第二流通センター部長〟とある。

李奈もパソコンで作った名刺をかえした。初対面の編集者と名刺交換するための物だけに、氏名とメアド、ラインのアカウントしか載っていない。眉をひそめられるかと思ったが、有瀧はろくに名刺も見ず、お座りくださいといった。いつの間にか志保美が、李奈の背後にキャスター付きの椅子を運んできていた。エグゼクティブデスクを挟み、有瀧と向かい合って着席する。志保美は有瀧のわきに立った。

有瀧が世間話のような口調でいった。「裏はこんなもんですよ」

「はあ」李奈は曖昧《あいまい》に返事をした。

徐々に不安が募ってくる。ふたりの刑事が自治会長宅に待機中だが、ここからはそれなりに距離がある。李奈は危機的状況に直面しても、まずは一一〇番といわれた。いまは孤立無援の四面楚歌《しめんそか》だ。いざというときスマホを操作する余裕などあるだろうか。

「杉浦先生」有瀧が身を乗りだした。「ご職業は小説家さんだとか。警察に協力なさっているんですよね？」

「はい。あ、でも、きょうは自己責任できました」

　妙なことをいう。有瀧はそんな表情を浮かべ、椅子の背に身をあずけた。「刑事の聞きこみに同行するのは、取材の一環でしょう？」

「いえ、そういうわけでは……」

「隠さなくても結構。そこを批判しているわけじゃないんです。むしろマスコミに顔がきく杉浦先生に、こちらからお願いしたいことがあって」

「すみません。わたし文芸の編集者さんにも頭があがらないレベルでして」

「ご謙遜《けんそん》を。岩崎翔吾事件のノンフィクションをお書きだったじゃないですか」有瀧はいいにくそうに告げてきた。「じつは私にもマスコミの知人がいましてね。もっとも、現在は人事部に異動してしまい、報道部の動向を知るだけのようですが」

「はあ……」

「彼によれば間もなく、この近所の連続殺人事件について、警察から重大発表があるのだとか。複数のテレビ局や新聞社が、品川署に情報開示を迫った結果、捜査本部も抗《あらが》いきれなくなったようです。捜査が手詰まりなこともあって、広く情報を求める意味もあるとか」

　芥川の『桃太郎』が殺人現場で見つかった。いよいよそんな事実が明かされる。世間は騒然となるだろう。李奈はつぶやいた。「仕方ないことですよね」

「それでは困るんです。報道陣はきっとここに押し寄せます」

「なぜそういいきれるんですか」

「理由なんか考えなくてもわかるでしょう。殺人現場の真向かいに、カルト集団っぽい異様な建物。殺された館野さんが生前、その建物に乗りこみ、抗議した経緯もある。マスコミから槍玉《やりだま》にあげられること必至ですよ」

李奈は言葉に詰まった。愛友心望の支局長みずからが、カルト集団と口走った。ここを異様な建物とまでいった。案外自分たちを客観視できているのか。

すると有瀧は片手をあげた。「いいえ、おっしゃらなくてもわかります。自覚があるなら、なぜ新興宗教じみた組織形態をとっているのか、そこをお尋ねになりたいのでしょう。聡明《そうめい》な杉浦先生は、すでにお気づきと思いますが、宗教法人は非課税です」

やはり。李奈はうなずいた。「事業収益には課税されても、そのほかの税金を考えれば大きいですよね」

「社会奉仕を建前にするのであれば、いっそ会社を宗教団体っぽくし、宗教法人をめざすのもありだと、本部は考えたんです。私が入社した当初はふつうの会社でしたが、組織再編を告げられても、そんなに反感は持ちませんでした。営業では苦労しましたからね。近寄りがたい不気味さがあれば舐《な》められずに済む」

「かえって営業がしにくくなりませんか？」

「いや。顧客のタイプが変わるだけです。宗教的な威光に依存心を抱きがちな人は、常に一定数いるんですよ。おもに高齢者ですが、若い人も釣れたりします」有瀧は志保美に目を向けた。「そうだな？」

志保美はためらいがちに同意をしめした。「私は最初から現在の営業方針に馴染《なじ》んできましたので……。顧客が幸せになるのならそれでいいかと」

お客様に幸せになっていただく、そうはいわないあたり、志保美の本音だとわかる。李奈はきいた。「そこまで開けっぴろげにおっしゃるのはなぜですか。宗教法人化を断念なさるとか？」

有瀧が首を横に振った。「本部の意向は変えられません。しかし間もなくマスコミが私たちを悪者にする。なので杉浦先生から報道各社に働きかけていただきたいのです。愛友心望は無関係だと報じるように」

「いや……。そんな大それたことはわたしには……」

志保美が切実にいった。「愛友心望に言及しないだけでもいいんです。いま悪評が立ったら、グループ全体が業績悪化の憂き目に遭います。この支局のせいになってしまいます」

李奈はたじろいだ。「そうおっしゃられても……。わたしは無力な売れない小説家です。テレビ局や新聞社に異議を申し立てても、個人的意見として報じられるだけでしょう。全体的な報道に歯止めはかけられません」

有瀧が大きな図体《ずうたい》に似合わず、藁《わら》にもすがるような目を向けてきた。「刑事の捜査に協力しておられるほどのお立場なのに？」

「協力といっても……。じつはそれが問題視されて、もう特別扱いはされないんです。わたしはただの部外者ということで」

志保美が困り顔を有瀧に向けた。有瀧も似たような表情で志保美を見かえした。李奈は辺りに目を配った。事務机の職員らもみな、こちらのようすをうかがっている。李奈と視線が合うや、誰もが手もとの書類に向き直った。

「あのう」李奈は有瀧に提案した。「報道より早く真実が突きとめられれば、みなさまの潔白を証明できるかと」

有瀧が目を丸くした。「それはいい。可能なんですか」

「みなさまが本当に事件と無関係だと証明できれば……」

「ぜひ証明してください。なんでも協力します。取材攻勢が始まってからでは遅いんです」

「でも容易ではないかと……。失礼ですが、さっきもおっしゃったとおり、怪しい組織に見えるという自覚はおありなんですよね？」

「そんなのは見せかけです。ただの演出です。あ、しかし、演出だとはっきり公言することはできません。顧客獲得に影響がでるので」

「組織の雰囲気はわきに置いても、ほかにも疑惑を持たれやすいところがありますよね。まず館野さんご夫婦が、一方的に怒鳴りこんできたというお話に、裏付けがないことがどうも……」

「事実です」有瀧が志保美に同意を求めた。「なあ？」

「はい」志保美が大きくうなずいた。「すごい剣幕でした」

李奈は唸《うな》らざるをえなかった。「ほかできいた館野さんの性格と、まるで食いちがってるんです。館野さんを好ましく思わない人ですら、声を荒らげるなんて想像もつかないと……。まして奥さんまで一緒となると」

有瀧は居直るような態度をのぞかせた。「事実なんだからしょうがないです」

「証拠はないんですか？　建物のエントランスをとらえる防犯カメラがありますよね。館野さんの訪問当日の録画、拝見できませんか」

「私には権限がありません」

李奈は志保美をちらと見た。志保美は視線を逸《そ》らしている。李奈は疑問を口にした。

「支局長さんなら可能だとうかがいましたが」

「いや」有瀧はぶっきらぼうにいった。「本部の了解を得ないと、防犯カメラの記録映像はお見せできません。もうHDDが上書きされ、残っていないかも」

「記録はまったくないけれども、館野さんが怒鳴りこんできたのは事実だとおっしゃるんですか」

「百パーセント事実です」

これでは埒《らち》が明かない。李奈は話題を変えることにした。「宗教団体っぽさは、あくまで非課税をめざすためのスタイルにすぎないと、公にしても問題はありませんか」

「いや。演出だと明かされると困ると申しあげたでしょう。顧客離れが起きます」

「でも現状を維持しようとすれば、怪しげなムードはついてまわりますよね？　お釈迦様に言及していると、仏教系の団体からクレームがつくかも」

「そんなことはありえない」有瀧はまた巨体を乗りだした。「ぶっちゃけていいますとね、うちが経典としているのは『因果の小車』の原著です。あれはいかなる宗旨宗派の仏教団体ともぶつからない」

「あー。『蜘蛛の糸』にしても、もとはロシアの民話にすぎないんだし、正統な仏教の教えを侵害しないってことですか。わかったうえで経典に採用したんですね」

「創始者の考えです。世間は『蜘蛛の糸』を、お釈迦様にちなむ説法とみなしているが、事実はちがう。あらすじ自体に著作権もない。なら仏教団体でない弊社が、さも教義のように謳《うた》ったとしても、けっしてクレームはつかない。それに……」

「まだほかにも理由があるんですか」

「ええ」有瀧は悪びれもせずにうなずいた。「うちの顧客は、友人や知人を新規会員に誘うことで、紹介料としてクーポン券をもらえます。自分だけがよい思いをせず、仲間に広く分けあたえるという意味で、『蜘蛛の糸』は経典として望ましい。誰も切り捨ててはならないという教えですから」

なんともあきれる。マルチ商法に都合よく解釈できるがゆえの『蜘蛛の糸』か。すべては打算的なアイディアの寄せ集めにすぎない。この会社は虚飾で塗り固められている。これではマスコミに餌をあたえるようなものだ。潔白を主張すればするほど泥沼に嵌《は》まるだろう。

有瀧がにわかに居住まいを正した。「杉浦先生。これだけぶっちゃけたのはほかでもありません。私たちが事件に無関係であることを、ノンフィクションに著していただけませんか。出版まで何か月も待つわけにはいかないので、電子書籍でただちに配信という運びで」

「書こうにも証明手段がなにもありません。潔白を証明する材料、なにかお持ちじゃないんですか」

「事実として断定的にお書きになればいいんです。殺人現場に芥川龍之介の『桃太郎』が残されていたんでしょう？　館野さんは鬼退治を期待され、ここに乗りこんだかもしれないが、じつは鬼が島は平和な楽園だった……。そんな内容でよろしいかと」

李奈のなかに不安がこみあげた。冷や汗とともに立ちあがる。うわずった声で告げた。「失礼します」

気もそぞろに駆けだす。職員たちの目がいっせいに見つめてくる。誰とも視線を合わせず、事務室を突っ切った。通路に飛びこむや、さらに歩を速める。カーテンを割り、ロビーにでると、李奈は駆けだした。

やっと屋外にでた。それでもまだ愛友心望の敷地内だった。なおも油断せず歩きつづける。

支局長が筋書きを口にした。芥川の『桃太郎』になぞらえたうえで、愛友心望を正当化しようとしている。あれは一線を越えた発言に思えた。あのまま事務室にはいられなかった。無事に外にでられたのが奇跡に思えてくる。

木立のなかを歩きながら、いまのできごとをぼんやりと考えた。愛友心望が犯行に関わっていたとして、最初から正当化を意図し、芥川版『桃太郎』を残したのだろうか。そんなことは考えにくい。犯行声明も同然の遺留品に受けとられかねない。

あるいは館野良純の未亡人、清美にメッセージを残したとすればどうだろう。直接的な脅し文句を残したのでは、愛友心望による犯行が浮き彫りになってしまう。だから引喩《いんゆ》を用いた。愛友心望の主張によれば、館野夫妻は一方的に怒鳴りこんできた。その報復としてまず夫を殺した。芥川の『桃太郎』により、平和を乱したのは桃太郎のほうだとほのめかした。あの短編の終盤には、鬼による執拗《しつよう》な復讐《ふくしゅう》が描かれている。次は妻の番だと暗に脅しをかけた。

李奈はため息をついた。自分の想像が嫌になる。館野夫妻が怒鳴りこんだのが事実でないとすれば、復讐のきっかけにもなりえない。あるいは愛友心望は、世間から復讐と受けとられることを、最初から願っていたのだろうか。報道されたくないという主張は逆で、じつはマスコミを通じ流布したがっているのか。証拠がなく犯行はグレーの疑惑に留《とど》まるものの、復讐は正当な行為だったと。

頭が混乱してきた。李奈はゲートまで戻った。警備員の制服を見たとき、一瞬どきっとした。けれども警備員は特に反応をしめさず、ただ立ち尽くしていた。李奈はなにごともなく愛友心望の敷地から脱した。

ようやくほっとしながら、李奈は生活道路沿いを歩いた。これから自治会長宅に行き、刑事たちに無事を知らさねばならない。特に報告できることはなかった。新たに手がかりをつかんだわけではない。ただ愛友心望への疑惑が深まったにすぎない。

そのとき女性の声が呼びとめた。「杉浦さん」

李奈は立ちどまった。館野家の玄関先に、黒いロングワンピースがたたずんでいる。青白い顔の未亡人、館野清美が片手をあげ、李奈を見つめていた。

19

李奈は館野家のリビングルームに招かれた。清美がコーヒーを淹《い》れてくれた。自治会長宅に戻る前に、少しぐらい寄り道してもかまわないだろう、李奈はそう判断した。

静寂の漂う室内、ソファでふたり向かい合った。稜楓はまだ大学から帰っていないという。邸内には物音ひとつ響かなかった。

清美は以前よりやつれて見えた。ノーメイクのせいもあるかもしれない。視線を落とし、清美はぼそぼそといった。「きょう稜楓が帰ってきたら、小旅行じゃないですけど、一緒に八王子《はちおうじ》に行くんです」

「へえ。八王子に……」

「鶺鴒《せきれい》山荘ってとこがあるんです。前にも泊まったことがあるんですけど、温泉がないぶん安くて」

「いいところなんでしょうね」

「それはもう……。稜楓も気に入っていて、ぜひにと誘うもんですから。ふたりとも息苦しい毎日を送ってきましたし……。ここではあまりよく眠れないんです」

「わかります……」李奈は心からいった。「稜楓さんと仲良しで羨《うらや》ましいです」

「どのおうちにもあることでしょうけど」清美は弱々しく微笑した。「年ごろになった稜楓が、口もきいてくれないような日々もありましたよ。でも自然に打ち解けてくるもんですよね」

同意を求められると困惑するしかない。李奈の母親の顔が思い浮かんだ。自分はいまだに反抗期なのだろうか。李奈はつぶやいた。「はあ。そうでしょうか……」

「譲りあうことをおぼえたというか。たとえばチャンネル争いになるより、親子で一緒にいることを優先して、テレビは消しておく。買い物でも、お互いにつきあうと不満のもとになるから、一日じゅう別行動で好きなものを探せばいいし。料理もふたりで作るのがいいでしょう」

このあいだ李奈は、訪ねてきた母が夕食を作るにまかせた。手伝いもせず仕事に没頭した。せっかくご馳走《ちそう》が振る舞われたのに、台なしにしてしまった。いまになって罪悪感が胸をよぎる。短気を起こすべきではなかった。

清美が感慨深げにささやいた。「ここは静かでしょう。お隣の男の子が生まれたころは、もっと賑《にぎ》やかでした。夜泣きばかりで、相葉さんも大変だったみたいだけど」

「祖父母はずっと奥でお休みだとか」

「ええ。もともとはお酒好きでね。もう七、八年前かな。いつも遅くまで晩酌して、愉快そうな笑い声がきこえてたのは」

「へえ。お元気だったんですね」

「あのう、杉浦さん」清美が小声でたずねた。「きょうは警察のかたは、ご一緒じゃないんですか」

「いま自治会長さんのおうちにいらっしゃいます」

「警察のかたが、わたしを疑っているようなことはないでしょうか」

「……とおっしゃると？」

「この家にはローンも残ってますし、主人は責任感が強い人でしたから、生命保険に加入してたんです。受取人がわたしになってるので……」

李奈は苦笑した。「サラリーマン家庭ならめずらしくもないでしょう」

「そうなんですけど」清美はまたうつむいた。「杉浦さん。いま愛友心望からでてこられたようですが……」

「はい。支局長さんとも会いました」

「だいじょうぶでしたか？」

「あの人は見た目ほど怖くありません。最後はちょっと不安になりましたけど……」

「なにかおっしゃいましたか」

「支局長さんは、館野さんが怒鳴りこんできたという主張を曲げていません。奥様がご一緒だったときも同じだったとのことです。ひょっとして誤解を受けるような言動をなさったとか……？」

「どうとらえるかは先方のことなのでわかりかねます。でもわたしたちは、大勢の人たちに囲まれ、ほとんど喋《しゃべ》れずじまいだったので……。僭越《せんえつ》ながら、恫喝《どうかつ》を受けたのはわたしたちだったとの認識です」

　主張は依然、真っ向から食いちがう。しかし清美の言いぶんはもっともにきこえる。李奈もたったいま経験してきたばかりだ。あんな孤立無援の状況で、しかもプロレスラーのような巨漢を前に、いきり立って刃向かうなど不可能だろう。

　客観的に考えれば、愛友心望が嘘つきの可能性が高い。とはいえ愛友心望が、でっちあげの復讐を理由に殺害を実行したとしても、やはり見立て殺人にする理由がわからない。館野良純と犬や猿、キジを殺すことで、清美を心理的に追い詰めているというのか。愛友心望になんのメリットがあるのだろう。本人たちがいうように、マスコミに疑惑の目を向けられる日が、刻一刻と迫っているというのに。

　邪推するばかりでは始まらない。李奈は清美を見つめた。「わたしには本のことしかわかりません。刑事さんたちからも、そっちを期待されていました。役立たずを露呈してしまいましたが……。ご主人がお持ちだった本、できれば拝見したいんですが」

「本ですか」清美が憂いのいろをのぞかせた。「じつは遺品を目にするのも辛《つら》いので、書斎にある物を少しずつ、処分する方向で考えています」

「では本も捨ててしまわれたのですか」

「いいえ。とりあえず少しずつ物置に移動しただけです。書棚は空になりましたが、今後どうするかはまだ……」

李奈はほっとした。「本を拝見できますか」

「いいですよ」清美が腰を浮かせた。「こちらにどうぞ」

蔵書から得るものがあるかどうか、まだ見当すらつかない。けれども館野はネットで買えるようなビジネス書も、わざわざ神田の古本屋で購入していた。しかも取り置きすら頼んでいた。そこが少しひっかかる。館野が蒐集《しゅうしゅう》した本を見れば、なにかわかることがあるかもしれない。

清美の案内により、李奈は家の外にでた。裏側にまわるとスチール製の物置があった。清美が戸を横滑りに開けた。

生ゴミのにおいが軽く鼻をつく。透明なゴミ袋が三つほど、丸く膨れあがった状態で積まれている。どれもいっぱいにゴミがおさまっていた。

書籍類はそのわきに積み重ねられている。紐《ひも》を縦横にかけ束ねてあった。やはりビジネス書がほとんどだ。一部に自己啓発本が交ざるものの、文芸書は一冊もない。

館野が古本屋に取り置いたビジネス書三冊について、あとで李奈は検索してみた。いずれも特に人気はなく、価値が高騰しているわけでもないとわかった。ここにある本も同様に思えた。

ふとゴミ袋が目にとまった。活字が印刷された紙が大量に紛れている。あきらかに本のページだった。奇妙なゴミだった。カッターナイフで曲線に切られたり、破られたりした断片ばかりが、大量に捨てられている。カバーや表紙はなく、すべて本文のページのようだ。どれもくしゃくしゃに丸められていた。芥川ではない。小難しい文面が見てとれる。小説以外の本だとわかる。

「ああ」清美がささやいた。「そういえば、またけさもだし忘れちゃった」

「なんですか？」李奈はきいた。

「いえ……。その三つのゴミ袋です。沖縄旅行にでかける前、出発が早朝じゃなかったから、だしそびれちゃって。袋の口を縛って、ここに置きっぱなしだったんです」

事件発生よりも前にでたゴミだ。李奈は清美に問いかけた。「ずっとここに放置されてたんですか」

清美は首を横に振った。「事件後にいったん警察のかたが引き取って、なかを調べたあと、また返してきました。処分してくださってかまいませんと伝えたんですけど」

ミステリの執筆の際に知ったことがある。鑑識がゴミを調べたのちは、すべて家主に返却される。警察の手で処分することはない。事件とは無関係であっても、家主にとってたいせつな物が、うっかり捨てられていないともかぎらないからだ。ため息とともに清美が嘆きを漏らした。「本をここに移動させるとき、いつも次の収集日にはだそうと思うのに……。家のなかのゴミはだしても、ここのは忘れてばかり。週末になっちゃうから、またほったらかし」

李奈は清美に要請した。「このゴミ、一部をいただくわけにいきませんか」

「もちろんかまいませんけど。……どうなさるんですか？」

「調べます」李奈はゴミ袋を持ちあげた。「警察が気づけなかったことに、小説家が気づきうるチャンスかもしれません」

20

なんらかの可能性を悟ったわけではない。ただ本のページが切られたり破られたりして、まとめて捨てられているというのは、どことなく異様だ。だからこそ調べたいと思った。

ゴミになったページの文面には読んだおぼえがあった。帰りの電車の乗り換え途中、品川駅構内にある三省堂書店で、同じ本を買った。やはり小説ではない。山手線と中《ちゅう》央《おう》線の車内で、李奈は本をざっと読み進めた。文面のおおよその順番を記憶に留《とど》めるためだ。

やがて阿佐ケ谷駅に着いたころ、もう空は赤みがかっていた。徒歩でアパートの一階自室へと戻る。ふだんなら着替えるところだが、きょうはよそ行きの服のまま、デスクの上にセロハンテープを用意した。館野家からもらったゴミは、清美のくれたポリ袋に収めてきている。無数の紙片すべてを山積みにした。

小説を書き進めたいところだが、いまはこちらが優先する。ゴミの山を手早く分類にかかった。さっき読んで記憶しているページの文面と、そうでない文面にざっくり分ける。

紙片は平均して一枚あたり、五センチ四方ぐらいの大きさだ。カッターナイフで直線、あるいは曲線状に切断された辺と、雑に破られた辺が、一枚の紙片にみられる。規則性はあまりなかった。ほぼ四角形で、一辺が曲線でもう一辺が直線、ほかの二辺は破られている物がある。その一方で三角形の二辺が直線、一辺が破られている紙片もあった。

形状はそのようにばらばらに思えた。ところが分類するうち、同じ形状の紙片が複数見つかった。おそらく十数枚単位で、カッターナイフで切断後、重ねた状態で破ったのだろう。破れた歪《いびつ》な断面までが複数枚ぴたりと重なる。

三省堂書店で買ってきた本を参考に、紙片をページ順に重ねていく。破られた辺どうしをつなぎ合わせる。ページ番号は見当たらず、文面だけが頼りだった。既読の小説なら本文の一部だけでも、本の前のほうか後ろのほうか、容易に見当がつく。けれどもこういう本は厄介だ。やはり記憶だけでは再構築が難しい。元の本は手放せない。

骨の折れる作業だが、ジグソーパズルは得意なほうだった。だんだん作業が調子に乗ってきた。途切れた文章の先を、おぼろな記憶と作家的な勘を頼りに想起する。〝宗教は文化の……〟の先はなんだろう。元の本で同じ文章を探すより早く、それらしい紙片を見つける。〝……一形態である〟。破った断片がつなぎあわさるや、喜びとともにセロテープでとめる。

紙片を組み合わせていくうち、いくつかの事実が判然としてきた。カッターナイフで切断された辺どうしが合う紙片はない。つなぎあわせられるのは、常に破られた辺どうしにかぎられる。破れぐあいが同一な紙片は十枚前後ずつある。一方でカッターナイフにより切断した辺は、もっと多くの紙片について、ぴたりと重なる。微妙な曲線を描く辺が、百枚以上も共通していたりする。

文章を記憶していない箇所も、すべて同じ本だとわかった。紙質も活字の種類も同じだ。すなわちこれらの紙片は全部、一冊の本に由来している。ほかの本のページが交ざったりはしていない。

破れた辺どうしをつなぐとともに、ページ順に重ねていった。復元作業の先になにが見えてくるかさだかではない。けれどもその過程で気づくことがあるかもしれない。本を切り刻み、破って捨てた人間の心理が、逆算的に浮き彫りになる可能性もある。

万能鑑定士Qこと小笠原莉子《おがさわらりこ》の教えを思いだした。物理的証拠ばかりにとらわれ、心理面を疎《おろそ》かにしてはならない。すべての発端は人だ。人の行動は内面がきめる。

ふと外の騒がしさに気づいた。李奈は耳を澄ました。複数の人々のざわつく声がする。

この部屋は二階建て木造アパートの一階にある。マンションのようなオートロックのエントランスなどなく、外通路まで人が入りこめる。ドアの向こうに誰か来ているようだ。ただしインターホンは鳴らない。男性の低い声がささやきあう。靴音もひっきりなしにきこえてくる。

なんだろう。李奈は立ちあがった。ダイニングキッチンから靴脱ぎ場に向かう。解錠してからドアを開けた。

李奈は愕然《がくぜん》とした。夕陽が照らすなか、大勢のスーツが眼前にひしめきあっていた。

みないっせいにこちらに向き直る。報道記者らが血相を変え、李奈のもとに押し寄せてきた。カメラのフラッシュが絶え間なく明滅する。李奈にとっては目くらましに等しかった。思わず顔をそむけ、また前に向き直ったとき、もう無数のマイクが突きつけられていた。

「杉浦李奈さん！」記者のひとりの声が飛んだ。「南品川七丁目の連続殺人について、芥川龍之介の『桃太郎』が発見されたそうですが、見解をおきかせください」

別の記者の声はより大きかった。「品川署から捜査協力を依頼されたんですよね!?」すかさずほかの記者も怒鳴った。「愛友心望の品川支局にも行かれたとか！　もう犯人の見当はついてるんでしょうか!?」

おい、押すな。記者どうしがわめきあう声もきこえる。アパートの狭い外通路は、満員電車のようなありさまになっていた。記者らが戸口に身をねじこませてくる。もはやドアを閉めることさえできない。間近でこちらに向けられたテレビカメラのレンズに、李奈の茫然《ぼうぜん》とした顔が映りこんでいた。

ついに芥川の『桃太郎』に関する情報が開示されたらしい。報道合戦の火蓋《ひぶた》が切られてしまった。李奈は動揺とともにきいた。「な、なぜわたしに……?」

記者のひとりが早口に説明した。「愛友心望の潔白は杉浦李奈さんが証明してくれると、同社の広報がマスコミ各社にファックスを一斉送信しまして」

別の記者が身を乗りだしてきた。「芥川の『桃太郎』には鬼からの復讐《ふくしゅう》が描かれていますが！　館野さんと愛友心望のあいだに確執があったことを杉浦さんはご存じでしょうか!?　もしそうであれば、そのうえで愛友心望を疑わしくないとされる根拠は？」

「こら！　質問してるのはうちだぞ。順番を守れ！」

目の前の喧噪《けんそう》は凄《すさ》まじさを増すばかりだった。李奈は途方に暮れながらたたずんだ。

小説家協会の放火集団殺人事件に絡み、蔦尾《つたお》妙寺《みようじ》なる作家がここに逃げこみ、立て籠《こ》もったことがある。そのときにも報道陣がアパートを包囲した。テレビ局や新聞社が李奈の住所を知っていたのは、それが理由だろう。

困ったことになった。前の騒ぎでも大家から叱られてしまった。今度も大目玉にちがいない。

いきなりクラクションが鳴った。安っぽく耳障りな響きにききおぼえがある。兄の航輝が乗る軽自動車だ。

アパートの外通路を経て数メートル先は、表《おもて》の路地に面している。ここからではそのようすがわからない。李奈は行儀の悪さを承知のうえで、戸口の枠に足をかけ、無理やり伸びあがった。

報道陣の群れは路上にまであふれていた。そのなかに埋もれるように、ワンボックスの軽自動車が停まっている。航輝と母が、夕食用とおぼしきレジ袋を高々と掲げ、こちらに向かおうとしていた。だが集団が行く手を阻む。航輝は以前にいちどマスコミに姿をさらした。そのせいで顔をおぼえられているのか、早くもマイクを突きつけられている。母のもとにも無数のカメラが群がりだした。

航輝が必死に怒鳴った。「李奈!」

李奈はとっさに身を翻した。部屋の奥へと走り、リュックサックを手にとった。デスクの上にある物を、すべてリュックのなかに手早くおさめる。復元作業中の紙片の山も、一枚残さず注ぎこむ。

また戸口へと舞い戻った。靴を履き、報道陣に頭をさげながら、夕闇迫る屋外にでる。まるで被疑者のように揉《も》みくちゃにされながら、なんとか外からドアを閉じた。施錠したのち、人混みを搔《か》き分け、少しずつ路地をめざす。李奈はうったえた。「すみません。通してください」

なおも矢継ぎ早に質問が飛んだ。だが大勢が同時にわめいているせいで、なにを喋《しゃべ》っているかはほとんどわからない。記者やカメラマンどうしが、いたるところで小競り合いを始めている。これはもうパニック状態にちがいなかった。

ようやく路地に近づいた。群衆の隙間に航輝の姿が見える。航輝も李奈に気づいたらしい。また呼びかける声がきこえた。「李奈！」

「お兄ちゃん、クルマに乗って！　お母さんも！」

航輝と母が背を向け、軽自動車に引きかえしていく。李奈も死にものぐるいで前進を図った。だが報道陣の密度が半端ではない。スクラムを組むように李奈の行く手を阻んでくる。カメラのフラッシュが連続して浴びせられる。四方八方から圧迫され、もはや身動きもとれない。

そのときサイレンが短く、けたたましく鳴った。記者たちがぎょっとして身を退かせる。にわかに混雑が緩和されだした。人垣の向こう、路上にパトカーの赤色灯が点滅している。近所の住民が通報したのかもしれない。

群衆に隙ができた。李奈は軽自動車に駆け寄った。航輝は運転席に、母は助手席に乗りこんでいる。サイドのドアをスライドし、李奈は後部座席へと飛びこんだ。

ドアを閉めるが早いか、軽自動車は走りだした。航輝がさかんにクラクションを鳴らす。しぶとく進路を妨害してくる記者たちを、強引に道路のわきに押しのける。

やっとのことで喧噪を脱した。李奈は後方を振りかえった。まだカメラのフラッシュが明滅しつづけている。ただし追ってくるクルマは見当たらない。パトカーが駆けつけたおかげだろうか。

李奈はシートに身をあずけた。「助かった。いいとこに来てくれた」

航輝が運転しながらいった。「いつもどおりメシを持ってきただけなのに、いったいなんの騒ぎだよ」

後部座席の足もとには、さっき航輝と母が運んでいたレジ袋が、いくつも放りだされていた。混乱を知って救助に来てくれたわけではなさそうだ。李奈はきいた。「お母さん、帰ったんじゃなかったの？」

「帰るって？」母がバックミラーを通し、李奈を見つめてきた。「こないだの話なら、航輝の社宅に帰るってだけ。伊賀にはまだ帰らない」

「なんでよ。お父さんとおじいちゃんが家でまってるんでしょ？」

「そう。あんたが一緒に帰るのを楽しみにしてる」

またそんな言いぐさか。だがいまは母と議論する気になれない。李奈は航輝にいった。「殺人現場にあった『桃太郎』の小冊子や、愛友心望が話題になってる。さっきの騒動はそのせい」

「ニュースになっちまったのか？」航輝がカーラジオをつけた。

アナウンサーの落ち着いた声がきこえてくる。「お伝えしていますように、南品川の連続殺人事件で新たな事実が判明しました。被害者の館野良純さんの遺体に、芥川龍之介の文庫本から切り離された短編『桃太郎』が添えられていたとのことです。館野さん宅の前には、愛友心望という通販会社の支社があり……」

李奈は深くため息をついた。記事をスマホで検索する気にもなれない。いまごろSNSにも掲示板にも、勝手な臆測《おくそく》があふれかえっているだろう。

スマホの着信音が鳴った。李奈ではなく航輝のスマホだとわかった。カーナビとブルートゥースで接続されている。ハンズフリー通話で航輝が応じた。「はい」

若い男性の声がスピーカーからきこえてきた。「杉浦？」

「ああ、大島《おおしま》か。どうした」

社宅に住む同僚のようだ。大島なる声がいった。「どうしたじゃねえよ。おまえの部屋の前にマスコミが押しかけてきてる」

「マジで？」

「おまえの妹さんが来てないかって、俺もきかれたぞ」

「そっか。すまない。きょうは誰も帰らないって伝えてくれるか」

「帰らない？　おまえどうするんだ。お袋さんも一緒なんだろ？」

「いいから頼むよ」

「わかった。なんだかよく知らないが、気をつけろよ」

通話が終わった。軽自動車は中杉《なかすぎ》通りから青梅《おうめ》街道にでた。航輝がステアリングを右に左に切りつつ唸《うな》った。「まいった。俺の社宅にまで来るとはな」

母が疑問を呈した。「なんで航輝の住所がばれてるの?」

「李奈に付き添ったとき、KADOKAWA富士見《ふじみ》ビルの近くで、さっきみたいにマスコミに揉みくちゃにされて……。面が割れてるんだよ。会社の人間に探りをいれれば、社宅もわかっちまう」

「ああ。みんなそっちに李奈がいるのを期待したわけ」

「なあ李奈」航輝が忠告してきた。「あんな部屋、引っ越せよ。あれじゃ観光名所じゃないか」

李奈は困惑をおぼえた。「引っ越しや新規契約にはお金がかかるでしょ。いまそんな余裕はないし」

母が振りかえった。「なら……」

「伊賀には帰らない」李奈はぴしゃりといった。

やれやれという態度をしめしながら、母は前方に向き直った。「きょうはどこに行けばいいのかしら。お食事の材料も買ってあるのに」

「あたってみる」李奈はスマホをいじりだした。

とうとう日本じゅうが興味本位の野次馬と化しつつある。ガセが横行するのは避けられない。貴重な手がかりが埋没してしまい、真実がうやむやになる恐れがある。とはいえもう五里霧中ではない。いまや疑惑のひとつに注視せざるをえなくなった。それがどんな意味を持つか、まだはっきりしたことはわからないのだが。

21

週末のせいかビジネスホテルは満室ばかりだった。空室があってもなかなか予約に踏みきれない。もしマスコミに居場所を嗅《か》ぎつけられた場合、迷惑がかかるとまずいと思われる立地は、候補から除外せざるをえなかった。あまりに遠かったり、高すぎたりする宿も対象外だった。

優佳にラインで相談したところ、うちに来れば、そう提案してきた。兄や母が一緒だと伝えると、むしろ歓迎するとの返事があった。ひとり暮らしで寂しいし、みんなで賑やかに食事したいという。１ＬＤＫに雑魚寝《ざこね》で泊めてくれるようだ。

ほかに行ける場所もなかった。航輝が軽自動車を代々木八幡駅近くのコインパーキングに停めた。マスコミの尾行はないらしい。一家三人で優佳のマンションを訪ねることになった。

優佳は出迎えるなり顔を輝かせた。「李奈、心配したよ！　夕方のニュースに思いっきり映ってたじゃん」

「お邪魔します」李奈は情けない気分で頭をさげた。「ほんとにありがとう、優佳」

「いいって。命の恩人にこれぐらい……。あ、李奈のお兄さん。それにお母さん。あいかわらず李奈そっくり」

母が上機嫌にレジ袋をかざした。「お世話になります。これ夕食の食材。四人ぶんは優にあるから」

「わあ、嬉《うれ》しい。いつもデリバリーで済ませてるから。さあどうぞ、あがってください」

李奈は恐縮しながら、新しくなった本棚のわきにたたずんだ。航輝と母がおじぎをしながら部屋に入ってくる。なんとも酔狂な事態になってしまった。

優佳が歩み寄ってきた。「李奈。ＫＡＤＯＫＡＷＡの菊池さんから連絡があったよ。忙しいのはわかるけど、原稿のほうを優先してくれって」

本業なのだからそうするべきだ。執筆に集中するためにも謎解きに早くめどをつけたかった。李奈は応じた。「刑事さんたちも、あまり捜査に介入させたくないって」

「なにそれ。向こうから頼んできたことじゃん」

「そうなんだけどさ。もっと簡単に『桃太郎』の謎について、わたしから有意義な助言が得られると思ってたんじゃない？　でもわたしが鈍《どん》くさくて、いいかげん上司が腹を立てたってとこ」

「探偵役も現実には多難だね」優佳の目がキッチンに向いた。「お母さん、どうかお楽になさってください。それはわたしがやりますから」

李奈の母は調理台に食材を並べていた。またもや自宅のごとく、優佳の皿を勝手に取りだしては、水ですすいでいる。母は手を休めずにいった。「ご厄介になるんだから、これぐらいさせていただきますよ。優佳さんのほうこそ休んでて」

「なら一緒に」優佳も調理台に向かった。「火を通す物、なにかあります？」

「ええ。これ。イカをトマト煮にしようと思って」

「あー、いいですね」優佳が包丁と俎板《まないた》を用意した。「タマネギもみじん切りにするんですよね？　調味料はええと……」

「先にお湯を沸かしていただけないかしら。塩をいれて沸騰させて、スナップエンドウのヘタと筋をとって茹《ゆ》でるの」

「鍋《なべ》のほうはオリーブオイルとニンニクですよね？」

「そう。そっちは弱火で香りが立ってから、中火にしてイカの足とタマネギを……」

李奈はふたりの後ろ姿を眺めた。まるで母と娘のようなコンビネーションだった。ひとり蚊帳《かや》の外に置かれたような気がする。李奈はきいた。「わたしも手伝うことない？」

優佳が背を向けたまま応じた。「だいじょうぶ。そっちの部屋にいて。お母さん、このイカはどうやって……？」

「ここを引っぱって」母が優佳を指導しだした。「水洗いして軟骨を抜きとれば、ほら、輪切りになる」

「あー、なるほど。わかりました」

航輝がペットボトル二本を手に、李奈をうながした。「あっちで座っていよう」

ダイニングキッチンに隣接する部屋が、寝室兼仕事部屋なのは、李奈のアパートと同じだった。もっとも、ここはずっと高級な物件になる。フローリングに腰を下ろした。航輝が卓袱台《ちゃぶだい》にペットボトルを置いた。

李奈はリュックの中身を床にぶちまけた。紙片の山のほか、セロテープで貼り合わせた小さな塊。それにパズルの参考となる本。李奈は作業を再開した。紙片の破れた辺どうしを探し、連結してはセロテープでとめていく。

航輝が手もとをのぞきこんだ。「なにをやってるんだ?」

「人ん家《ち》にでたゴミのなかから、本の切れ端だけを拾って復元してる」

「よくわかんないが、なんの意味がある?」

「さあ。でもどんなふうに切ったり破ったりしたか、思考の道筋をたどれば、なにか見えてくるような気がして」

「本を捨てるのに、そんなふうにする人はめずらしいな」

「そう。だから意味があるんじゃないかって」

要領を得てきたため作業の手が速くなった。重ねて切るか破るかした、同一の形状の紙片ばかりを、まず一括して探しだす。元の本の文面を参照し、それらをページ順どおりに重ねる。まとめてセロテープでとめる。一枚ずつ接続するジグソーパズルだったのが、いまはひと塊ずつを組み合わせる、ブロックパズルの様相を呈してきた。

「おい」航輝が声をかけてきた。「おまえ映《うつ》ってるぞ」

李奈は顔をあげた。テレビが点《つ》いていることに気づいた。音量は絞ってあり無音だった。ニュース番組中に中継録画のVTR映像が流れている。阿佐谷の三好アパート前だった。大勢のマスコミが詰めかけるなか、李奈の茫然《ぼうぜん》とした顔がアップになった。ごていねいにストップモーションになり、テロップが重なる。〝愛友心望と事件の無関係を主張する――小説家　杉浦李奈さん（23）〟

まだ主張したおぼえはない。いらっとして卓袱台からリモコンをつかみあげる。李奈はテレビを消した。「またZ級ラノベ作家がしゃしゃってるって、ネットに悪口を書かれる」

「そんなことはもう誰もいわないよ。現場に芥川の『桃太郎』があったから、警察も本業の小説家に意見を求めてる。筋の通った話だ」

「売れっ子作家には暇がないから、警察の要請に応じるのなんて、でたがりの勘ちがい女だけ。たぶんヤフコメ欄あたりはそういう論調」

「ネガティブにとらえすぎだろ。ばしっと正解を突きつければ世論も黙るよ」

「正解って？　なんでご遺体に『桃太郎』が添えられてたかの答？」

「もちろんそうだよ。桃太郎とみなされる館野さんが、三匹の家来と一緒に狙われた理由は？　やっぱり愛友心望が怪しいのか？」

李奈は兄と言葉を交わしながらも、復元作業に没頭していた。片時も手を休めたりはしない。紙片を数枚ずつ組み合わせては、セロテープで固定する。ページ順に重なった紙片がばらけないよう、セロテープでぐるぐる巻きにした。そのため紙の塊がどんどん膨らみ、体積を増していった。

絶えずパズルに従事しながら、頭の片隅で思考を働かせる。小冊子風にホチキスで綴《と》じてあった『桃太郎』。遺体に添えるために用意したのだろうか。それとも事件以前から、殺人とは無関係に存在し、それを現場に残しただけなのか。

短編が丸ごとカッターナイフで、文庫本から切り離されていた。いまここにある無数の紙片にも、カッターナイフを使った痕跡《こんせき》がある。やはり同一人物のしわざだろうか。常識で考えれば、本の持ち主がそうした可能性が高い。とはいえ芥川に関しては、館野家に読者がひとりもいない。

芥川の『桃太郎』を繰りかえし読んだおかげで、李奈はほぼ全文を記憶していた。桃の木のことを考えずにはいられない。童話の『桃太郎』になく、芥川版には存在する巨木。〝一万年に一度結んだ実は一千年の間は地へ落ちない〟と書かれている。すると本来なら赤ん坊は桃のなかで、千年ものあいだ眠ったままか。通常そうなるはずが、一羽の八咫鴉《やたがらす》のいたずらのせいで、桃太郎は世に放たれてしまった。

その結果、情け深いおじいさんとおばあさんは失望し、鬼が島は阿鼻叫喚《あびきょうかん》の地獄絵図と化した。鬼たちが復讐《ふくしゅう》を誓ったため、戦《いくさ》はこれからも延々とつづくことが示唆される。

猿もキジも死んでしまう。生き延びるのは桃太郎と犬のみ。桃太郎は鬼たちの執念深さを嘆く。犬もうやうやしく桃太郎に媚《こ》びつづける。最後まで反省の念はみられない。

千年間は目覚めないはずの、桃のなかの赤ん坊たちを、芥川は〝未来の天才〟と呼んでいる。逆に考えれば、千年経てば生まれてくる、それが赤ん坊たちの運命なのか。〝未来〟とは千年後のことなのか。しかし芥川は〝あの大きい八咫鴉《やたがらす》は今度は何時《いつ》この木の梢《こずえ》へもう一度姿を露《あら》わすであろう？〟とも書いている。

危惧《きぐ》されるのはただひとつ、八咫鴉によるアクシデントだといいたいのか。千年をまたずに早産したのでは、桃太郎のような暴君になってしまうという警告か。未成熟がまちがいだったのか。千年経って生まれてくるのは〝未来の天才〟であって、けっして暴君にはなりえないのか。八咫鴉といえば日本神話にでてくる導きの神だが。

全編の結びの一節がまた不可解だ。〝ああ、未来の天才はまだそれらの実の中に何人とも知らず眠っている〟

この〝ああ〟という感嘆詞は、なにを嘆いているのだろう。千年後に天才として生まれてくる赤ん坊たちに、なんの問題もないのなら、芥川が心配しているのは八咫鴉のいたずらだけだ。けれども〝あの大きい八咫鴉は今度は何時この木の梢へもう一度姿を露わすであろう？〟は、最後からふたつ目の文章にすぎず、物語の結論として提示されていない。〝ああ、あの大きい八咫鴉は……〟とも表現されていない。感嘆詞つきで、この物語を締めくくるのは、〝未来の天才はまだそれらの実の中に何人とも知らず眠っている〟の一文だ。〝何人とも知らず〟。つまり人知れず千年後に生まれるのをまつ、未来の天才たちをこそ、芥川は嘆いているのだろう。

紙片の復元作業はてきぱきと進んでいた。もう紙片は残すところわずかになった。セロテープを巻いた紙の塊は、大きくふたつに分かれている。最後にそれらを合体させればいい。断面や文章がつながる位置を探しだし、どんどん貼り合わせていく。

優佳がトレーを運んできた。「できたよ」

母も大皿を手にしながら現れた。食事が卓袱台の上に並べられる。イカのトマト煮のほか、ナスと豚肉の炒《いた》め物、海鮮サラダ。冷凍食品だが餃子《ギョーザ》もあった。

航輝が卓袱台ににじり寄った。「ビールがほしくなるな。いつもよりうまそうだ」

すると母が上機嫌そうにいった。「優佳さんが器用だから。ね？」

「またぁ」優佳はまんざらでもないようすで笑った。「お母さんのレシピが完璧《かんぺき》だったからですよ」

「毎日こんなふうにお食事が作れたらいいのにね」

げんなりしながら李奈はパズルをつづけた。「先に食べてて」

優佳が近くにしゃがんだ。「そんなこといわないで、一緒に食べようよ」

「うちの母と気が合うみたい」

「っていうか」優佳が距離を詰め、そっと耳打ちしてきた。「李奈のお母さんって、想像してたのと全然ちがう」

「どうちがうの？」

「もっと陰険な人っぽく思ってた。李奈がそういうからさー。とんでもない性悪かと思うじゃん。だけど本当はすごくやさしくて、明るくて、温かい人だよ」

「いっそ同居しちゃえば？」

「なにいってんの？　李奈のお母さんでしょ。でもほっとした。李奈が愚痴るばかりだったから、スーザン・フォワードの本でも薦めようかと思ったけど、まるっきりそんな心配ないじゃん」

ふいに落雷に撃たれたように身体が痺《しび》れた。なおも感電が長く尾を引く。李奈はつぶやいた。「スーザン・フォワード……？」

「そう。だけど李奈にはまるで縁なしだよ」

ああ。そんな感嘆詞をいまこそ用いるべきだ。李奈はそんな心境だった。

スーザン・フォワード。さらっと語呂《ごろ》のいい氏名だけに、あのとき軽く目が滑ってしまった。学者のなかでは一風変わった存在と感じたものの、深く突き詰めて考えなかった。

しかし作家名を目にしたら、同時に著書を連想するべきだった。スーザン・フォワードの書いた本といえば……。

手もとのパズルを見下ろす。セロテープで固めた紙片の塊がふたつある。それらを組み合わせ、セロテープで連結した。とうとう完成に至った。無数の紙片を元の状態に復元した。

航輝が四つん這《ば》いで近づいてきた。「おい!? そいつはなんだよ。まさか……」

李奈は息を吞《の》んだ。これまで破れた断面どうしや、断たれた文面どうしの接続ばかりに気をとられていた。全体像にまで気がまわらなかった。いまや愕然《がくぜん》とする形状が目の前にある。

「まずい」李奈は航輝にすがった。「お兄ちゃん! いますぐクルマをだして」

「なに? どこへ行こうってんだ。いまからメシだってのに……」

「いいから早く! 一刻を争うの!」

「マジか。わかった」航輝は目を丸くしながらも立ちあがった。「クルマをまわしてくる。五分で下りてきてくれ」

玄関に駆けていく航輝に、母が声をかけた。「食べないの？」

優佳が李奈を見つめてきた。「わたしも一緒に行く」

「やめてよ。安全は保証できない。根本的にまちがってるかもしれないし」

「そんなわけないでしょ。これが小説なら、もうページが残り少なくなって、いよいよ終盤ってとこじゃない？　李奈が失敗で終わるわけがない」

母が皿をトレーに戻した。両手で持ちあげながら腰を浮かせた。「優佳さん。悪いんだけど、ラップをかけて冷蔵庫にしまうの、手伝ってくれる？」

李奈は座ったまままいった。「お母さんは食べててよ。わたしをまたなくていいから」

「そんなわけにいかない」母はキッチンに向かった。「お母さんも同行するから」

「ちょ……。本気なの!?」

「本気。李奈がなにをしてるか見届けなくちゃ」

「危ないっていってるでしょ」

「なにがどう危ないの」

「説明してる暇がない。いいからここでまってて」

母は足をとめると、軽くため息をつきながら、李奈を見下ろしてきた。「あんた小説家なら、お母さんの気持ちも少しは想像したら？　物語を考えるのは得意なんでしょ。お母さん視点の小説だったとして、このまま送りだしたあんたが、帰ってこなかったりしたら？」

「そんな心配はしないで……」

「って娘が定番の台詞《せりふ》を吐くわよね。その先は？」

李奈は言葉を失った。母が黙ってたたずんでいる。穏やかなまなざしだった。李奈がこたつで寝てしまったとき。母はいつもこんな目を向けてきた。学校で嫌なことがあって、家で不満をぶちまけたとき。風邪を引いたとき。母はいつもこんな目を向けてきた。

拒否はできない。心細さなら常にあった。母にはいつも一緒にいてほしかった。それが本音だといま気づかされた。

とはいえ母の身を案じざるをえない。李奈はささやいた。「クルマからは降りないでよ」

「状況によりけり」母はまたキッチンに歩きだした。「このお皿じゃ電子レンジに使えない。優佳さん、耐熱ガラスのボウルある？」

「あります」優佳があわてぎみに立ちあがった。「いまだしますから」

キッチンでまた母と優佳の家族劇場が始まろうとしている。李奈はセロテープでくるんだ紙の塊に目を戻した。スマホをとりだす。カメラ機能で紙の塊を撮影した。画像をSMSのメッセージに添付する。送り先は瀬尾刑事のスマホ番号だった。ごく短い文面を添える。捜査担当者は事情を深く知っているため、説明も少なくて済んだ。これで動きだしてくれるかどうかは別問題だが……。

玄関に物音がした。航輝が戻ってきた。「李奈」

「いま行く」李奈は紙の塊をつかんで立ちあがった。

これが小説なら、ページの残りがもう少ない、優佳にいわせればそんな状況らしい。探偵の推理が外れ、謎が解けないまま終わってしまう、投げっぱなしのミステリ小説もあるにはある。尻切《しりき》れトンボの結末にならないことを祈るしかない。ましてこれは現実だ。人の命がかかっている。

22

李奈は優佳と並び、軽自動車の後部座席に揺られていた。運転席には航輝、助手席に母。時刻は午後九時すぎ、傍目《はため》には親戚《しんせき》を訪ねる家族にでも見えるだろう。しかし李奈の心中は穏やかでなかった。渋滞ぎみの中央道がひどくじれったい。分岐でクルマの数が減り、スムーズに流れだしたとたん、また合流で混み合ってしまう。

やっとのことで中央道を降り、国道十六号を走りだした。辺りに民家の窓明かりは
ほとんど見えない。真っ暗ななかにうっすらと、低い山のシルエットが見えている。

ようやく道路が空《す》きだした。軽自動車の速度があがっていく。

優佳が頓狂《とんきょう》な声を発した。「ダミーパラグラフ？」

「そう」李奈はうなずいた。「優佳がゲームブックで見つけた、どこともつながらない無意味なパラグラフ。株式会社ネギイのいざこざはそんなようなもの」

「ブランド桃の〝桃太郎〟をめぐる取引が？」

「野菜卸売市場は無数の商品を取り扱ってる。過去まで含めればとんでもない数になる。『桃太郎』にとらわれて、ただ闇雲に手がかりを探せば、偶然その名称に行き着くケースも多々ありうる」

なにしろグーグルでの〝桃太郎〟の検索結果は、二千百五十万件にものぼる。童話童謡のほか、すし店や中華料理店、ケータリング業者、小児科クリニック、せんべいやおにぎり、神社、ゲームアプリまで、〝桃太郎〟と称する物は多岐にわたる。被害者の勤めていた会社が、ブランド桃〝桃太郎〟の取引に関わったからといって、結び

つけるのはやはり早計だ。まして館野良純はその担当部署に属していなかった。担当者に助言したのが事実だとしても、社内の同僚としてふつうにありうることだ。先入観にとらわれていれば、なにもかも怪しく見えてしまう。

李奈はいった。「ゲームブックは選択肢の番号に沿って進めていくものでしょ。ふと道から外れた車窓の風景に関心を引かれ、そちらを調べようとしてしまうのはよくない。真っ当に進んだパラグラフだけを視野にいれないと」

「だけどさ」優佳が反論した。「見落としがちなところに手がかりがあるのがミステリってもんじゃない？」

「見落としがちでもそれが小説なら、本文中には書いてあるでしょ。カバーや帯や奥付にヒントがあって、それが謎解きに必要不可欠だったら、読者もブーイングのはず。『バルサスの要塞』の二五八に関心を持つのはいいけど、そこにゲームブック攻略のヒントまで求めたら邪道でしょ？　ダミーパラグラフの無関係な情報に翻弄《ほんろう》されちゃう」

「あー。なんとなくわかったような、わからないような……」

助手席の母が振り向きもせずにこぼした。「李奈はいつも喩《たと》えが下手。小説にもそれがでてる」

口論している暇はない。李奈は母を無視した。「優佳。警察には不疑不関の原則ってのがあるんだって。なにもかも際限なく疑うんじゃなく、ひとまず可能性を絞りこんで追及するの」

「なら愛友心望がやっぱ怪しくない？」

「わたしもそう思ってたけど、ごく単純に考えて、殺人事件を起こす動機がない。利益至上主義の会社にとっては、お膝元《ひざもと》での凶悪犯罪発生なんて、最悪の事態でしかない」

「でもなんらかの理由で、被害者ふたりに恨みを抱いていたとしたら？」

「それでも事故かなにかに見せかけないと、自分たちが疑われちゃうでしょ。ただでさえ殺人現場のすぐ近くに、異様な施設が建ってるのに」

「そっか。まして『桃太郎』の見立て殺人なんかしないか。悪い噂が立って、気味の悪い会社だと思われたら、会員が減っちゃうもんね」

「そう。だからどうしてもわたしには、愛友心望の犯行とは思えない……」

「李奈は愛友心望を訪問したんでしょ？　怪しい人は皆無だったとか？」

「いえ。支局長さんは館野さんの死を、芥川の『桃太郎』になぞらえて、因果応報とでもいいたげな主張をしてきた。それをノンフィクションに書いてほしいって」

「充分に怪しいじゃん」

そこが悩みの種だった。館野が施設に怒鳴りこんだという話が事実でないかぎり、復讐《ふくしゅう》のきっかけにはなりえない。たとえ復讐だとしても、『桃太郎』になぞらえたところで、殺人は正当化できない。有瀧支局長の態度が意味するものはなんだったのか。

身体が右に左に振られているのに気づいた。軽自動車がいつしか山道を登っている。ふいに減速した。航輝がいった。「李奈。あれか?」

李奈は身を乗りだした。蛇行する山道のわきに、和式の城門に似たゲートが、ぼんやりとライトアップされている。光る看板に鶺鴒山荘とあった。思わず李奈は声を張った。「そう! なかに入って」

軽自動車がゲートをくぐった。私道の両脇に目を凝らすと、日本庭園だとわかった。本物のかがり火があちこちに揺らいでいる。前方に本館前の車寄せが見えてきた。

航輝がクルマを徐行させた。「左に入れば駐車場だけど……」

「時間がもったいない」李奈は行く手を指さした。「車寄せに行って」

「宿泊客じゃないとわかったとたん、塩でも撒《ま》かれそうだな」航輝がアクセルを踏みこんだのがわかる。軽自動車がふたたび加速した。車寄せがみるみるうちに迫ってくる。

正面玄関前に横付けし、軽自動車は停まった。時間外だからだろう、従業員が現れるようすはない。李奈はかまわずドアを開け放ち、車外に降り立った。ただちにエントランスへと駆けこんでいく。

やたら広い靴脱ぎ場の向こうは、畳敷きのロビーだった。ここにもひとけがない。従業員を呼ぶより早く、李奈は靴を脱いであがった。背後からあわただしい靴音が追いかけてくる。航輝と優佳、それに母がつづいた。

さすがに騒々しかったらしく、法被を着た中年男性が現れた。眉《まゆ》をひそめ男性従業員がきいた。「いらっしゃいませ。あのう。ご予約のほうは……?」

李奈はたずねかえした。「館野さんはどちらですか」

「はい……? 館野様はたしかにお泊まりですが、二名様のご予約とうかがっておりますが」

「いまどこの部屋にいますか」

「すみません。失礼ながら皆様がたは、館野様とどのようなご関係で……」

ふいに甲高い悲鳴がきこえた。男性従業員がびくっとした。李奈の背筋を冷たいものが駆け抜けた。

母がつぶやいた。「まるで二時間ドラマ」

悲鳴はなおも断続的に響き渡る。李奈は奥の廊下へと走りだした。

「お客様」男性従業員があわてて追いかけてくる。「おまちを」

だが別の足音が男性従業員を追い越し、李奈の背後に迫ったのがわかる。振りかえるや航輝と目が合った。優佳も走ってくる。母はひとり競歩のようなペースで、男性従業員のはるか後方に退《しりぞ》いている。けれどもさほど広い建物ではない。じきに母も追いつくだろう。

廊下沿いの襖《ふすま》が開いた。浴衣《ゆかた》姿の客が顔をのぞかせ、悲鳴のきこえるほうを眺める。客がこちらを振り向いた。なにごとかと目を瞬《しばた》かせている。李奈はかまわずその前を突っ切った。

いくつか角を折れた。悲鳴はもう近場から耳に届いてくる。行く手の襖にちがいなかった。李奈はその襖を開けた。狭い玄関がわりの空間だった。さらに奥の襖を開け放った。

鳥肌が立つ光景がそこにあった。ふたりの浴衣姿が絡みあっている。館野清美を押し倒し、馬乗りになっているのは、娘の稜楓だった。絶叫に似た悲鳴を発し、激しく抵抗する清美の首に、稜楓の握ったガスガンが突きつけられていた。

23

稜楓の顔があがった。燃えるような目が李奈をとらえる。ガスガンの銃口は依然として清美の喉《のど》もとを狙いつづける。ただし抵抗する清美が、稜楓の手首をつかみ、死にものぐるいで狙いを逸《そ》らした。いま銃口は清美の首筋から外れている。稜楓が母親に視線を戻した。ふたたび急所を狙い澄まそうとする。ふたりの腕力はほぼ拮抗《きっこう》しているようだ。

どたばたと一同が背後に駆けつけた。法被の男性従業員が狼狽《ろうばい》をしめした。「館野様！　なにを……」

駆け寄ろうとする男性従業員を、李奈はとっさに押し留《とど》めた。「改造ガスガンです。殺傷能力があります」

「殺傷……。そんな」

航輝が男性従業員にいった。「早く通報してください」

男性従業員は泡を食ったようすで身を翻した。廊下に駆けだしていったとき、サイレンがきこえてきた。男性従業員ははっとして静止したが、すぐにまた玄関に急ぎだした。

李奈は室内に目を戻した。八畳ほどの和室、ふたりが絡み合うのは奥のほうだ。稜楓の夜叉《やしゃ》に似た表情は、サイレンをききつけても変わらない。血走った赤い目が李奈を一瞥《いちべつ》し、また清美を見下ろす。清美は泣き叫びながら必死に抗《あらが》いつづけた。

「助けて」清美が涙ながらにうったえた。「助けて！」

優佳が震える声でささやいた。「ほっとけない」

すると李奈の母、愛美が優佳の肩に手をかけた。「じっとして。刺激しちゃまずいでしょ」

李奈は母の横顔を眺めた。母の顔には当然ながら、緊張と恐怖のいろが浮かんでいる。それでもただ怯《おび》えているわけではない。気丈にもなんとかしようと踏みとどまっている。そんな母が自分と重なった。人の生死がかかった修羅場だ。不安にとらわれて当然だが、断じて見捨てるわけにいかない。

廊下にまた慌ただしい足音が反響した。瀬尾刑事の声が呼びかけた。「杉浦先生」

振りかえると瀬尾と鶴山の両刑事が駆けこんできた。衝撃的な光景に、ふたりとも揃って目を瞠《みは》る。息を呑《の》みながら鶴山刑事がつぶやいた。「まさか娘さんが……」

刑事たちもその場に留まった。無理に距離を詰めれば、稜楓がただちに凶行におよぶ可能性がある。

李奈は室内を見渡した。座卓と座椅子は部屋の隅に寄せてあった。稜楓が清美をねじ伏せるそばに、分厚いハードカバーが落ちていた。ページの真んなかあたりが開いている。なかが複雑な形状に刳《く》り貫《ぬ》かれているのがわかる。

持ってきた紙の塊を李奈は放りだした。セロテープでまとめた粗雑な紙細工。けれども一見して拳銃《けんじゅう》の形状とわかる。銃身に引き金、グリップの部分を有する、まさしくデトニクス45のフォルム。

張り詰めた空気が漂うなか、李奈は理解を言葉にした。「『社会学　第五版』。改造ガスガンに殺傷能力があるといっても、首に銃口を突きつけて撃たないと、命までは奪えない。近づくまで油断させておくため、ガスガンを隠す必要があったんでしょ」

稜楓は『社会学　第五版』を持ち歩いていた。両親にとっても馴染《なじ》みの本だったのだろう。父の良純も、旅行中のはずの娘が入室してきたとき、ただ驚きながら歩み寄った。稜楓がガスガンを持っていたり、手を後ろにまわしていたりすれば、良純も多少は警戒したかもしれない。

『社会学　第五版』を、稜楓はもう一冊買っていた。沖縄旅行にでかける前、拳銃がぴったりおさめられるよう、本の内部をカッターナイフで拳銃の形に刳り貫いた。デトニクス45の全長は百七十八ミリ、『社会学　第五版』のページの縦の長さは二百十ミリ。表紙を除いた厚さは四十二ミリもあるため、優に収納できる。でたゴミは十枚前後ずつ重ねて破った。

透明なゴミ袋に捨てることに、稜楓は抵抗がなかったようだ。両親は『社会学　第五版』を読んだことがない。文面を知らない以上、稜楓が持ち歩いているのと同じ本を、切り刻んだという疑いなど持たない。ゴミをまじまじと見つめるわけでもない。ただ古いプリントの類《たぐ》いを処分した、そんなふうに考えるにすぎないだろう。

母がゴミをだしそびれたことを、稜楓はおそらく知らなかった。警察がいったん証拠品として、ゴミ袋ごと持っていったときには、もしかしたら稜楓も気づいたかもしれない。しかしそれがほどなく返却され、また物置に眠っているとは思わずにいた。とっくに処分されたと信じていたにちがいない。

瀬尾刑事が慄然《りつぜん》とする反応をしめした。「沖縄旅行中のはずだったのに」

李奈はいった。「不疑不関の原則です」

勘のよさげな瀬尾刑事がつぶやいた。「なるほど、そうか。迂闊《うかつ》だった。事件発生時に妻子は旅行中、疑うべき理由はなし、関わりもなし。それ以上の追及はわきに置き、ほかの疑惑を追うことを優先してきた」

〝買い物でも、お互いにつきあうと不満のもとになるから、一日じゅう別行動で好きなものを探せばいい〟。清美は娘との関係について、そのように証言した。

事件当日、清美と稜楓が国際通りにショッピングにでかけたのは事実だろう。警察は不疑不関の原則に基づき、確認作業をひとまずそこまでに留めた。だが買い物は一日じゅう別行動という、母子の習慣があれば話はちがってくる。

稜楓は母親と別れたのち、帽子や眼鏡で防犯カメラ対策をし、偽名で羽田行の飛行機に乗った。チケットは事前に用意してあったと考えられる。所要時間は片道三時間弱。空港から南品川七丁目は近い。帰宅するや犯行に及び、また羽田で那覇《なは》行に乗り、なにくわぬ顔で母親と合流した。もともと母子はその日、昼食をともにしていない。夜になり、ホテルに戻って夕食をとるまでには、充分に間に合った。

いま李奈の目の前で、清美は全力で抵抗していたが、稜楓が力ずくでその手を払いのけた。銃口がふたたび清美の喉もとに押しつけられる。ただちに稜楓は清美の上半身を起こし、背後にまわった。なおも銃口は離れない。母親を盾にした稜楓が、充血した目で油断なくこちらを見つめる。

瀬尾刑事がなだめるような口調でいった。「ガスガンを下ろしなさい。話ならきく」

「ふざけないで!」稜楓が吐き捨てた。「そこをどいてよ。もうどっか行って!」

「自分のやってることをよく考えてみろ。それはきみのお母さんだろう。撃てば現行犯で逮捕されるだけだ」

「それでもかまわない。こんな女ぶち殺して、わたしも死ぬ」

「無理だ！　わかってるぞ。通販で買った違法改造ガスガンだろう。一発ごとに弾をこめ、ガスを充塡《じゅうてん》しないと撃てない。きみの身柄は確保される。無意味な罪を重ねちゃ駄目だ」

「うるさいったら！　いいから消えてよ。うちの問題なんだからほっといて！」

李奈は静かに話しかけた。「稜楓さん。あなたの電子書籍の著者一覧に、スーザン・フォワードがあった時点で、わたしも気づくべきだった」

稜楓の虹彩《こうさい》のいろがわずかに変化した。濃い赤いろが淡くなった気がする。ただしそれがなにを意味するかは未知数だった。

瀬尾刑事が李奈にきいた。「なんですか？　スーザン……」

「フォワード」李奈は応じた。「有名な著書は『毒になる親』。文庫化の際には『一生苦しむ子供』という副題がついた。いわゆる毒親という言葉を広めた人」

「なら」瀬尾刑事は驚きをしめした。「稜楓さんはご両親を毒親とみなして……」

清美が泣きじゃくった。「誤解よ。稜楓。あなたによかれと思ってのことでしょ。

いつもあなたには愛情を注いできた。きちんとした大人に育つよう全力で応援してきたの。それがわからない？」

「戯言《たわごと》はよしてっていってるでしょ」稜楓が目を怒らせた。「なにもかもお父さんとお母さんの自己満のせい。お母さんは自己中なお父さんの味方だった」

「なんでそんなふうに……。お母さんがいつ暴力を振るった？　お父さんだってそんなことしてない」

「手を上げてなくても言葉の暴力は浴びせたでしょ。お父さんもお母さんも、いったん怒りだすと、罵詈《ばり》雑言《ぞうごん》に歯止めがきかない。徹底的にこき下ろしてくる」

「それは……。ときには厳しい言い方も、稜楓のためを思って……」

「ほらきた」稜楓はガスガンの銃口を強く清美の首に押しつけた。「いつものようにいってみてよ。教育のためにあえて辛《つら》くあたったって。短気で気分屋で、かっとなって怒ったあとは罪悪感を払拭《ふっしょく》するために、子供への愛情だったって逃げを打つ。自己を正当化して、わたしをも丸めこもうとする」

「丸めこむなんて」清美の顔は恐怖に引きつっていた。「そんなつもりない」

「小中学生のころはだまされてた。高校のころも。ちゃんと食べさせてくれて、一緒にいてくれるんだから、親の愛情を疑っちゃいけないって思いこんでた。でもちがった。いまはもうわかる。お父さんもお母さんも、自分の気持ちがなにより優先。わたしはふたりが満足を得るための道具でしかなかった」

瀬尾刑事が説得しだした。「稜楓さん。ご両親が辛くあたったのか？　ずっと昔のことを思いだしてみろ。幼少期、ご両親はいつも厳しいばかりだったか？　きみが生まれたとき、ご両親が……」

「〝どんなに喜んだかわかるか？〟ってやつでしょ。お父さんの常套句《じょうとうく》だった。そんな言い方されたら、子供は黙るしかなくなる。親への愛情を植えつけられちゃってるから。でも性善説じゃ片づけられない。子供ができても、性根の腐った大人たちはいる。馬鹿だから自分たちをもだましてる。子想いの親だって」

李奈はいった。「稜楓さん。一見問題のない家族、むしろ模範的な家族に見えても、それは親がそう思われたくて、演技的に振る舞ってる可能性がある。人から褒められることに執着し、承認欲求を至福の喜びとする親だと、子にとっては最悪。常に親が快感を得るための犠牲になってしまう。そうでしょ？」

「いまさら他人のあなたが指摘してくれても遅い」稜楓は動じなかった。「家庭内の問題は、外の人間にはわかりゃしない」

「お父さんが声を荒らげて、あなたを恫喝《どうかつ》したのなら、隣に住む駒井さんや相葉さんが気づいたはず。だから怒鳴ることなく、ひたすらねちねちと、あなたを傷つけた。疑いを知らない幼少期からずっとつづいたんでしょう。お母さんもお父さんの味方だった」

鶴山刑事が信じられないという顔になった。「まさか。館野夫妻がそんな言動を……」

李奈はうなずいた。「愛友心望の品川支局なら、近隣住民に声をきかれる心配もありません。夫妻はここぞとばかりに本性を現し、怒声を張りあげ罵声《ばせい》を浴びせた」

「愛友心望の主張のほうが本当だったんですか？　でもご近所にしろ、館野さんの仕事関係者にしろ、そんなふうにはとても見えないと……」

「渥川さんは腹黒さを見抜いてたし、株式会社ネギイにも同じ意見の社員はいたでしょう？　周りの評判だけを気にし、愛想よく振る舞うことに全力を挙げるけど、じつは仕事ができない人。館野良純さんのご両親、つまり稜楓さんの祖父母は離婚してます。良純さんを叱る人はおらず、子供じみた性格のまま育ってしまった」

稜楓が低い声でいった。「いい勘してる。そのとおり」

人質にとられている清美が身をよじった。「稜楓。わたしは……、お母さんは、そんな考えじゃなかった。お父さんにまちがいがあったとしても、お母さんはね……」

「じっとしててよ！」稜楓が一喝した。「お母さんも同じ穴の狢《むじな》。世間体を気にして、隣近所からいい家族と呼ばれて、羨《うらや》ましがられることに全力を注いでた。ただの庶民一家なのに、わたしに良家の娘みたいに振る舞うことを強要した。意識高い系のお父さんと目的が一致してた。だから夫婦の仲はよかった。皺寄《しわよ》せはわたし」

「言葉に傷ついたのは、あなたがそれだけ繊細だったからよ」

「実害はないって？　名門の私立中学に入らなきゃゴミといわれた。部活をやめる自由もなかった。娘の自慢をしたいあんたたちのためだけに、わたしの人生は奪われた。友達づきあいを制限されてきたから、バイトをやっても人間関係がうまくいかない。そのうえお父さんがしゃしゃりでて辞めさせる」

「なにもかもお父さんが悪かったっていうの？」

「お母さんもだよ。同調してたでしょ」

「ぜんぶお母さんとお父さんのせいにして、稜楓は悪くないの？　お父さんを撃つなんて……」

稜楓の顔いろは変わらなかった。「自責の念にはいつもとらわれてきた。お父さんとお母さんはしっかりしてるんだから、わたしが悪い。失敗するたびそう思った。なんでそんな思考だったか、ようやくわかった。お母さんたちがそういってたんじゃん。

自分たちはちゃんとしてる。わたしに対しては、たまたま出来の悪い娘だって」

清美は娘への説得をあきらめたのか、刑事たちに切実にうったえた。「お願い。いますぐ助けて。ここから解放して」

「黙って！」稜楓が怒鳴りつけた。「そんなに解放してほしい？　あの世でお父さんと会う？」

沈黙がひろがった。清美は頬筋《きょうきん》を痙攣《けいれん》させ、身じろぎひとつできずにいる。

廊下には制服警官も続々と詰めかけていた。増援が到着するたび、鶴山刑事が片手をあげ、無言で押しとどめる。人質がいる、まだ突入できない。身振り手振りでそう伝えている。

優佳は目を潤ませながら李奈にささやいた。「なんてこと……。ほんとに毒親だったの？『毒になる親』に書いてあったとおり」

李奈も同意するしかなかった。「歪《ゆが》んだ情操教育ってやつ。親のネガティブな考え方や習慣を、無意識のうちに植えつけられ継承してしまう。強権的な親により、いつも抑圧されて育ったから、人としてたいせつな要素がいくつも欠けてる」

航輝がため息をついた。「親に悪気はなかったんだろ？」

「ええ」李奈はうなずいた。「たいてい親自身も愛情をよく知らない」

李奈の母、愛美はただ黙りこんで、稜楓と清美を見つめていた。

自分の父母が毒親かもしれない、李奈はそう思ったことがある。李奈の仕事を認めず、実家に連れ戻そうとする両親とは、たしかに考え方が相容《あいい》れない。

しかしいまになってわかる。本物の毒親騒動をまのあたりにした。李奈の両親が毒親に該当しないことはあきらかだった。毒親はもっと凄《すさ》まじい。きわめて深刻な影響を子にあたえる。両親の殺害を意図させてしまうほどに。

李奈は稜楓にきいた。「『毒になる親』に共感した？」

稜楓は否定しなかった。「気づかせてくれた。悟らせてもくれた」

「あの本に書いてあるように実感した？　稜楓さんも小さいころからずっと、自分を大事にする感覚に欠けてきたの？」

「自由がなかった。生きてる意味も感じられずに、ただ身体だけ育った。成人してからも鬱《うつ》や不安を抱えてきた」

「恋人はどう？」

「『毒になる親』にもあったよね。彼氏と長くつづかない。つきあい始めると父が重なる。そんな自分が嫌になる。父が好きってわけでもないのに変。あの本のおかげで、父の自意識過剰な子育てのせいだとわかった。父が主役の人生を、わたしに刷りこんだ。わたしはいつも脇役」

瀬尾刑事が話しかけた。「きみは立派な大学生じゃないか」

稜楓は不快そうに顔をしかめた。「わたしは両親に逆らいきれなかっただけ。いまもお父さんやお母さんに対して、自分の無力感をひきずってる」

「そんなに嫌なら、ひとり暮らしをして別居すれば……」

「刑事さんはわかってない！　両親と距離を置こうとすると、罪の意識にとらわれちゃう。親を見捨てるなんて非常識な娘だって」

そう感じるのも親からそのように刷りこまれたせいだ。『毒になる親』にはそんな説明がある。

稜楓が声を震わせた。「親を恨んじゃいけないって、ずっと苦しんできた。でも思いだしてみれば、それもお母さんやお父さんがいってたこと。わたしの考えは親によって形成されてる。いつも満たされない気持ちを引きずるのは、心がそんなふうに作られたから」

清美が泣きじゃくった。「なにもかもお母さんやお父さんのせいにしないで！　都合悪いことをぜんぶ押しつけないでよ」

「その言葉、そっくりそのままかえしてやりたい。出来の悪い娘のせいで、お父さんとお母さんが悲しんでるって、わたしは信じこまされてきた。まともな親は見返りなんか要求しない。産まなきゃよかったなんて娘にはいわない！」

にわかに緊張が高まった。稜楓がいまにも引き金を引きそうだ。清美は娘の銃口から逃れられないまま、ひたすら泣きわめいている。日本の警察はこんなときにも拳《けん》銃《じゅう》を抜かない。

李奈はとっさに声を張った。「桃太郎！」

室内が静まりかえった。稜楓は清美に銃口を押しつけたまま、据わった目を李奈に向けてきた。無言のうちに問いかけてくる。

声がうわずるのを自覚しながら李奈はいった。「あなたはお父さんを撃ったあと、芥川の『桃太郎』を置いていった。お母さんには気づいてほしかったんでしょ。お父さんは殺したいほど憎んでたけど、お母さんは心を改めてくれさえすれば、まだ許せる余地があると思った」

「頭いいね」稜楓がつぶやきを漏らした。「肝心の母は鈍感で、まるで気づかなかったけど」

「気づかなかったのには理由がある。あなた独自の読解でしかなかったから、お母さんは共感できずにいた」

部屋の隅々まで沈黙がひろがる。室内の空気が冷たかった。冷凍庫のなかのような極寒に感じる。人質の清美が身を震わせている。稜楓は油断なくガスガンの銃口を母に押しつけ、李奈に目でたずねてくる。

館野夫妻は芥川の『桃太郎』を読んでいなかった。けれども稜楓はちがった。読んだうえで理解したつもりになった。これは母親の目を開かせるメッセージになりうる、稜楓はそう信じた。

「未来の天才」李奈はいった。「巨大な桃の木には、未来の天才ばかりが眠っている。でも成長した桃太郎は、おじいさんとおばあさんから愛想を尽かされる。老夫婦は桃太郎になんでも気前よく与えて、さっさと追いだそうとする。未来の天才だったはずなのに、ひねくれた性格になってしまったのは、おばあさんたちの子育てが原因」

桃から生れた桃太郎は鬼が島の征伐を思い立った。思い立った訳はなぜかというと、彼はお爺さんやお婆さんのように、山だの川だの畑だのへ仕事に出るのがいやだったせいである。その話を聞いた老人夫婦は内心この腕白ものに愛想をつかしていた時だったから、一刻も早く追い出したさに、旗とか太刀とか陣羽織とか、出陣の仕度に入用のものはいうなり次第に持たせることにした。のみならず途中の兵糧には、これも桃太郎の註文《ちゅうもん》通り、黍団子《きびだんご》さえこしらえてやったのである。

老夫婦による子育ての経緯は記されていない。的確に愛情を注いだか否かもさだかではない。桃太郎がなぜ〝腕白もの〟に育ったのか、理由があきらかでない。老夫婦が愛想を尽かしたという、結果のみが伝えられている。

しかも老夫婦は〝一刻も早く追い出したさに〟桃太郎になにもかも持たせた。〝黍団子さえこしらえてやったのである〟と、ことさらに強調までしてある。

稜楓は老夫婦を毒親と読んだ。〝未来の天才〟だったはずが、毒親たる老夫婦に拾われてしまい、人格をねじ曲げられた。老夫婦が性悪であることは、子育ての責任を持たず、桃太郎を追いだそうとする点で明白になっている。

鬼が島への遠征に際し、至れり尽くせりだったところも、稜楓は両親に重なると感じた。館野家は金持ちではないが、貧困とまではいえない。父母は娘の稜楓に、学費や小遣いを惜しみなく振る舞ってきた。よその目からは立派なご両親と称《たた》えられる。しかしそれは、そうしていると親が職場や近所に吹聴《ふいちょう》したからだ。父親は自慢するため、わざわざ古本屋通いまでしていた。

じつは父母は恩着せがましく、常に娘からの見返りを求めた。稜楓が学業や部活で成果をだせなければ、投資が無駄になったと露骨に態度にしめした。両親を輝かせる娘でなければ価値などない、それが館野家の常識だった。

親からの愛情ではなく、投げやりに金だけをくれる父母を、稜楓は芥川版『桃太郎』の老夫婦と同じだと感じた。なにかをやりたいと前向きになる稜楓に、勝手にしろという姿勢をしめしながらも、必要な小遣いだけはあたえる。娘の願いに資金協力をしなければ、悪い親になってしまうからだ。娘のためにひと肌脱いだという、両親の自己満足のなせるわざだった。

どうせ稜楓は挫折《ざせつ》し、家に舞い戻ってくると両親は考えていた。幼少期から大事に育てるという名目で、過干渉により無力感を植えつけ、子の親離れを防いできた。対人関係も学ばせなかった。父母は意識的にか無意識的にか、娘が親に依存するよう仕向けてきた。

芥川版『桃太郎』と稜楓のちがいは、遠征先での振る舞いにあった。稜楓は人づきあいがうまくいかなかった。父の介入を受け、バイトも短期間で辞めさせられた。一方の桃太郎は、当初から高慢に振る舞い、三匹の家来を得た。鬼をねじ伏せ、財宝をせしめた。もっともその後、果てしない復讐《ふくしゅう》に苦しむ羽目になった。

李奈はささやいた。「稜楓さんはお母さんに問いただしたかった。〝お父さんがなぜ死んだかわかる？〟って」

瀬尾刑事が啞然《あぜん》とした。「母親に直接問いただせばいいのに、『桃太郎』で伝えようとしたわけですか」

「悟らせようとしたんです。父親を殺したのが自分だと告白する気はなかった。でもご遺体の胸の上に小冊子が置かれていれば、刑事さんたちが芥川版『桃太郎』について、母親に話すでしょう。その過程で物語を知る。毒親が子を異常性格者にしてしまう、そんな作中のテーマが母親に伝わることを、稜楓さんは願った」

なにしろ夫の遺体に残されていた短編小説だ。清美もどんな意味があるか、深く真剣に考えるだろう。毒親の悪影響について書かれた物語である以上、母に自覚が芽生えないはずがない、稜楓はそう信じた。

稜楓が低い声を響かせた。「〝未来の天才〟でさえ、無責任な毒親に育てられたら、あんな性格になる。お母さんにまともな部分が残ってるのなら、絶対に身につまされるはず」

「でも」李奈はため息をついた。「あなたは思ったでしょう。何日か経ったのに、母親はちっとも変わらない。これは生来の毒親にちがいない。改善の余地なし。だから殺そうとした？」

「否定はしない」稜楓がつぶやいた。「もうわかってるだろうし」

「それでお母さんを小旅行に誘った。この旅館を希望したのも稜楓さん。就寝前は襖《ふすま》に鍵《かぎ》もかけないみたいだから、突然押し入った誰かに撃たれたと主張できる。ガスガンは本のなかに隠し、知らんぷりをきめこむだけ」

清美がヒステリックにわめきだした。「稜楓、こんなことしてなんになるの！　お父さんもお母さんもいなかったら、あなただけでどうやって暮らしていけるの。家のローンも大学の学費も残ってるのに！」

李奈は首を横に振った。「館野良純さんの生命保険、清美さんが受取人ですよね」

室内はまた静まりかえった。清美がこわばった表情で押し黙る。両目に涙が膨れあがっていた。

詳しく説明せずとも悟っただろう。受取人の清美が死ねば、稜楓が保険金を相続できる。

瀬尾刑事が稜楓を見つめた。「遺留品の小冊子により、清美さんに毒親の自覚を芽生えさせることだけが、きみの目的だった。しかしそれでは自分に疑いの目が向くから、見立て殺人を装ったのか。猿、犬、キジに見立てた狙撃《そげき》は、やはり隠蔽《いんぺい》のためか」

稜楓が平然と答えた。「理由はそれだけじゃない。お父さんは死んだ。せっかく沖縄にいることにしてあったんだし、目的はぜんぶ果たした。隣の犬はうるさく吠《ほ》えた。宇戸平さんは近所の嫌われ者。死んでみんなが喜んでる」

「赤の他人の宇戸平さんに近づいて、銃口を首に押しつけるのは難しいだろ」

「高齢の男はみんな下心がある。二度か三度会って手なずけておいた。もちろん変なことはさせなかった。あの日も手をだされる前に撃ったし」

「父親を桃太郎に見立てたのは、愛友心望との確執を疑わせるためか？」

「愛友心望？」稜楓が醒《さ》めた顔になった。「知らない。興味ない。関係もない」

李奈は気づいたことを瀬尾刑事に伝えた。「稜楓さんはお父さんを桃太郎に見立ててはいません」

「しかし」瀬尾刑事は腑《ふ》に落ちないようすだった。「三匹の家来以外に撃たれたのが、館野良純さんただひとりなら、自然に桃太郎とみなされるでしょう」

李奈は首を横に振った。「やっとわかった……。良純さんは鬼に見立てられるはずでした。ほかの登場人物はすべて撃たれる予定だったんです。桃太郎は隣の男の子、相葉弘眞君。おじいさんとおばあさんは、相葉さん家《ち》の祖父母」

「あの奥で寝ていた……」

「稜楓さんは相葉家に侵入したけど、弘眞君に会えなかった。チャイムを鳴らして鍵を開けさせたのち、宅内にいた祖父母だけを撃った」

「なんですって?」

「負傷しただけなら稜楓さんが見逃さないでしょう。証人になられては困るからです。もう亡くなっていると思います」

「しかしあの家の奥さんによれば、高齢夫婦は体調不良……」

「相葉家は旦那《だんな》さんが失職中でハローワーク通いです。年金受給のため、死んだことを隠してる可能性があります」

「なんてことだ」瀬尾刑事が苦い顔で制服警官らを振りかえった。「品川署に連絡を頼みます。南品川七-一七-二〇、相葉家の高齢夫婦について、ただちに安否を確認させてください」

老夫婦が晩酌で夜遅くまで賑やかだったのは、七、八年前のことだと清美がいった。稜楓の中学受験のころと重なる。四年前には生まれたばかりの弘眞の夜泣きもあった。稜楓にとっては勉強の邪魔をする、ただうるさいだけの隣人でしかなかった。

いまはもう静かでも、稜楓の恨みは募っていた。とうとう相葉家の祖父母を手にかけてしまった。年老いたふたりだけに、一発ずつ弾をこめ直しガスを充塡《じゅうてん》してからも、取り押さえて銃撃できた。いま稜楓が自分の母親にそうしているように。

稜楓がつぶやきを漏らした。「杉浦さんって、ほんとに賢い人。毒親育ちじゃないんだね」

李奈は思わず自分の母親と顔を見合わせた。稜楓に向き直り李奈はいった。「あなただって賢い。もう罪を重ねちゃいけません」

「ここまで来たらもう撃つしかない。それでわたしを苦しめてきたすべてがなくなるし」

清美が悲鳴に似た声を張りあげた。「やめて！　稜楓。わたしはあなたを命がけで産んだの。小さかったあなたを一所懸命に育てたのよ」

稜楓が憤りをあらわにした。清美を乱暴にねじ伏せ、冷ややかに母親を睨《にら》みつけながら、銃口を首に食いこませた。「もう刷りこみの効果はない。ちっとも自覚できないお母さんは、本物の毒親」

「自覚って」清美は仰向《あおむ》けに押さえこまれたまま、涙ながらにうったえた。「『桃太郎』の内容なら刑事さんがきかせてくれた。でもなにに気づけっていうの。お母さんにはなにもわからなかった」

「鈍いだけ。まともな親なら身につまされる」

「いいえ！」李奈はきっぱりといった。「あれを毒親の物語と信じたのは、あなたの誤読。心の奥底で求めていたことが、小説に書かれていると思いこみ、意味を曲解してる」

稜楓の顔があがった。苛立《いらだ》ちの炎が目のなかに燃え盛っている。「杉浦さんは黙ってて」

「きいて。芥川の『桃太郎』が毒親の話でない以上、あなたの思うようには、メッセージは伝わらない。受け容《い》れられなかったのはお母さんのせいじゃない」

「あれが毒親の話じゃなくて、なんの話だっていうの！　〝未来の天才〟の将来が、育て方によって、あんなふうに……」

「〝天才〟は芥川の皮肉なの！」

またも沈黙が降りてきた。今度の静寂は長く響いた。自分の声がいつまでもこだまするように、李奈には感じられた。

稜楓がじっと見つめてきた。「皮肉……？」

「単純労働を嫌がった桃太郎が、鬼退治をして、財宝を持ち帰った。つまり凡人の暮らしを嫌悪し、偉業を成し遂げ、巨万の富を稼いだ。起業に向いてるサイコパスを、軽蔑《けいべつ》がてら天才と喩《たと》えるのに似てる」

「それこそ論理の飛躍がある」

「そうでもない。〝伊弉諾《いざなぎ》の尊《みこと》は黄最津平阪《よもつひらさか》に八つの雷《いかずち》を却《しりぞ》けるため、桃の実を礫《つぶて》に打った〟とあるでしょ。桃の巨木は伊弉諾の尊が植えた木。八咫鴉は天皇家の象徴。生を宿すのは天皇家に代々生まれるご子息」

「……天皇家？」

「物語中の反戦メッセージはわかるでしょ。あの当時、日本を戦争に向かわせたのは、本当は軍部だった。でも情報が制限されてたから、芥川は若き日の昭和天皇を今後の指導者と危惧《きぐ》した。支配を拡大する日本軍の大元帥を、皮肉交じりに〝天才〟と称した」

陣羽織の戦装束に身を包み、軍国主義教育のシンボルになってしまった桃太郎。三匹の家来を従え、みごと鬼が島を攻略。ただし反撃により戦局は泥沼化していく。それでも巨大な桃の木は、天皇家のご子息を育《はぐく》みつづける。

〝未来の天才〟と表現したのは、芥川が日本軍のおこないを憂えながらも、そのまま連勝がつづくと予想したからかもしれない。当時までの日本軍の快進撃を考えれば、大元帥はまさに〝天才〟だ。被支配者からの反撃により、局所的な悲劇はつづく。そこには心を痛めるものの、天皇家あるかぎり日本は発展しつづける。そう信じたうえでの〝未来の天才〟なる皮肉だったのだろう。

稜楓は愕然《がくぜん》とした面持ちになった。李奈を見かえし、ささやきを漏らした。「嘘」

「嘘じゃない」李奈は語気を強めた。「大正十三年は、当時皇太子だった昭和天皇と、のちの皇后両陛下のご成婚の年。でも芥川の認識には誤解があった。すでに天皇家でなく、軍部が実権を掌握してた。予想も外れた。戦後は象徴天皇の時代を迎えた。〝未来の天才〟の意味はうやむやになった」

「そんなのあなたの解釈にすぎない」

「毒親の話というのも稜楓さんの解釈にすぎない。『毒になる親』はたしかに名著だったけど、あなたはその考えにとらわれすぎた。毒親理論が心の支えになり、そこに依存してたからこそ、『桃太郎』を毒親の話と読み誤った」

「ちがう」

「お母さんが『桃太郎』の内容を知っても心を改めなかった。ならもう殺すしかないなんて、あなたのエゴでしかない。あの短編からそんなメッセージは読みとれやしない！」

「ちがう！」稜楓は顔面を紅潮させた。「おじいさんとおばあさんは、桃を拾っておきながら、勝手に愛想を尽かした！　天才すら歪《ゆが》んで育った。わたしは天才じゃないけど、結果は同じ。世間に適応できない。なにをやってもうまくいかない。ぜんぶお母さんのせい！」

ふいに李奈の母、愛美が声を張った。「稜楓さん！『桃太郎』ではメッセージが伝わらなかった。でもいまはもうお母さんに伝わったはず。あらためてお母さんにきくべきでしょ。毒親だったと認めるかどうか」

稜楓が表情をこわばらせた。清美も愕然としながら愛美を見つめている。

一同に戸惑いが生じた。李奈は困惑とともにいった。「お母さん。なにを……」

「いいから」母は清美に視線を向けた。「あなたもわたしと同じ、人の親でしょう。子供を愛するだけで幸せを感じない？　子供が理想どおりに育って、将来恩返ししてくれなきゃ意味ないなんて、正しい親は思わない。ただ子供を愛せるなら、すべて報われた気になる。そうじゃなくて？」

清美はうろたえたように目を泳がせている。瞬《まばた》きのたび、涙の粒が押しだされ、頬を滴り落ちる。

稜楓が苛立ちのなかに当惑のいろをのぞかせた。「うちの母にそんな考えなんか……」

愛美は片手をあげ稜楓を制した。落ち着いた口調で語りかける。「いまはあなたのお母さんにきいてるの。あなただって答を知りたいでしょ？」

「……綺麗《きれい》ごとを口にしても、どうせ本心じゃない」稜楓の声が震えだした。「わたしだって、将来自分の子が生まれたとしたら、立派に育ってくれなきゃ困る……。頭のいい子になって、学校では成績優秀で、就職と結婚にも恵まれてくれなきゃ……」

「それはね」愛美が穏やかにいった。「あなたが親の考え方を受け継いじゃってるの。お母さんがどんなふうに育てられたか、想像したことある？　たぶんあなたと同じだった。不幸の連鎖は、あなたの代で止めなきゃ」

なおも張り詰めた空気が室内に充満する。仰向けに押さえこまれた清美が、嘆きに似た声を響かせる。「わたしは……。いったいどうしたら……」

「清美さん」愛美は語りかけた。「稜楓さんがどんな思いを抱いていたか、あなたにはわかったはず。どんなに苦しんできたかも……。そのうえで正直に答えてほしい。あなたがどういう母親だったかを」

酷な質問だと李奈は思った。しかもいかなる答だろうと、事態が変わるとは思えない。むしろ稜楓の怒りの炎に油が注がれるだけではないのか。

航輝も心配そうにうったえた。「お母さん、まずいよ。清美さんと稜楓さんの話し合いは決裂してる。いまさらこんなこと……」

「しっ」母の愛美が静寂をうながした。

沈黙がつづいた。やがて清美がささやくような声を絞りだした。「ごめんなさい、稜楓……。たしかにお母さんは、自分の気持ちばかり優先してきたかもしれない。いわれてみて初めて気づいた」

稜楓の表情に変化が生じた。半ば茫然《ぼうぜん》とした面持ちで清美を見下ろす。

清美は大粒の涙を滴らせていた。しゃくりあげながら、なおも娘にうったえた。「お父さんもそうだった。どう見られるかばかり気にして……。ごめんね、稜楓。お母さんは毒親だった。本当にごめんなさい」

息詰まる時間が刻一刻と過ぎていく。稜楓の顔から怒りのいろが薄らいでいった。全身の力が抜けていくのが見てとれる。やがてガスガンの銃口が逸《そ》れた。稜楓の力なく垂れ下がった腕の先、白く細い手に、ガスガンが緩く握られているだけになった。

ふたりの刑事は静観していたが、ほどなく畳の上に歩を踏みだした。ゆっくりと近づいていく。稜楓は無反応だった。清美も横たわったまま泣きじゃくっている。

鶴山刑事がそっと稜楓の肩に手をかけた。稜楓の顔がわずかにあがった。瀬尾刑事が目でうながす。稜楓は手の力を緩めた。ガスガンが投げだされた。

ゆっくりと立ちあがる稜楓を、刑事たちが左右から支える。制服警官らが歩み寄った。瀬尾刑事は清美を助け起こした。清美はまだ腰を浮かすことなく、畳の上にへたりこんだまま、両手で顔を覆った。肩を震わせながら嗚咽《おえつ》を漏らす。

稜楓が連行されてきた。李奈のすぐ近くで足をとめた。穏やかな表情だった。目に涙をためながら稜楓がささやいた。「あなたが羨《うらや》ましい。いいお母さんだよね」

感傷に似た哀愁がこみあげてくる。李奈にはなにもいえなかった。稜楓の思いを察するだけでも、いまはひどく辛《つら》い。

李奈の母、愛美に対し、稜楓は頭をさげた。愛美はただ和やかな表情で見守った。刑事たちが稜楓を廊下に連れだしていく。

優佳がため息をついた。「信じられない。スーザン・フォワードの本には、たしかに毒親と対決して、謝らせれば心が救われるって書いてあるけど……」

対決とはむろん、いまのような暴力沙汰《ざた》を意味しない。あくまで会話により、毒親から反省の言葉を引きだすことが目的だ。それでなにかが物理的に変わるわけではない。けれども子供は呪縛《じゅばく》から解き放たれる。母は現実にそんな状況をうながした。

李奈は母に小声できいた。「スーザン・フォワードの本、読んでた?」

「わたしが読むのはレシピだけ」母が澄まし顔でいった。「じつは読書家じゃないし。さあ、帰って食事にしましょ。お惣菜《そうざい》を追加しなきゃ」

24

秋の澄んだ空気と青い空は、都会の街並みをも自然のように輝かせる。東京駅の新幹線ホーム、屋根の隙間からのぞくビル群が、花々の咲く野山のように優美に映った。

航輝が売店から駆け戻ってきた。レジ袋のなかには駅弁がおさまっている。「えさきの新懐石弁当。三つ星シェフの監修だよ。東京駅で買うならこれじゃなきゃ」

母の愛美は、いままでのロングワンピース姿よりは洒落《しゃれ》た、カーキいろのトレンチコートをまとっている。微笑とともに母はレジ袋を受けとった。「ありがとう。幾らだった？」

「俺はもう社会人だよ」

「そうね。ご馳走《ちそう》様」

李奈もおずおずとレジ袋を差しだした。「これはわたしから」

なかをのぞきこんで母がこぼした。「お弁当ふたつも食べられないけど」

「ちがうよ。お父さんとおじいちゃんへのお土産」

「家賃の支払いにも困ってるぐらいなのに、こんな買い物をして……」

どうにも苦笑せざるをえない。李奈は首を横に振った。「だいじょうぶ。そのうち初版印税の振り込みがあるから」

「小説の原稿、もう書きあがったの？」

「一気呵成《いっきかせい》に。ラノベ向けプロットを一般文芸に仕上げるだけだったから」

『雨宮の優雅で怠惰な生活2』は、『マチベの試金石』と題する長編小説になった。めずらしくKADOKAWAが即座に承認し、もう印刷所に入稿している。ハードカバーで三千部。部数の渋さだけはあいかわらずだった。印税は七パーセント。『トウモロコシの粒は偶数』より一パーセント上がった。母には強がってみせたものの、余裕ある暮らしには、依然としてほど遠い。

それでも着実に道は開けてきている。当面はコンビニのバイトとの二足のわらじで充分だった。世にでて人と触れあうからこそ、人を描けるようになる。引き籠《こ》もって想像を働かせるだけでは、生きた登場人物の息遣いを綴《つづ》れない。

母がおどけたような表情になった。「小説家としての稼ぎより、警察から金一封がなかったのがショックよね。感謝状と健康ジュース詰め合わせなんて」

李奈は吹きだしながら応じた。「前の事件は感謝状と文房具セットだった」

「マジで？」航輝が大仰に顔をしかめた。「瀬尾さんや鶴山さんがあんなに賞賛するから、もっと豪華なご褒美がもらえるかと思ったのに」

賞金稼ぎの類《たぐ》いではない、本業はあくまで小説家だ。専業作家として悠々自適の日々を送れるまで、これからも切磋《せっさ》琢磨《たくま》していくだけだった。

下りの新幹線はもうホームに入線している。乗車が始まっていた。出発時刻まであとわずかになる。

母がじっと見つめてきた。「李奈。しっかりね。悪い男とつきあうのは社会勉強じゃないから。うつつを抜かしたりしないでよ」

「そんなことはしない。お母さんも健康に気をつけて。塩分はとりすぎないように」

感慨深げな母のまなざしが李奈に注がれた。「あんたは本当に天才なのかも」

「いきなりなに？」李奈はこそばゆさを感じた。「あらたまってお世辞なんか」

「娘にお世辞なんかいわない。李奈には人の心を開かせる才能があるみたい。できれば文才のほうが育ってほしいけど」

「お母さんもあんなにしっかりしてたなんて……。人の命が救われたのはお母さんのおかげ」

「李奈がいてこそでしょ。ふたりで貢献したの」

航輝が口をはさんだ。「俺も運転したんだけどな」

母と顔を見合わせ、李奈は思わず笑った。「わかってるって」

なおも航輝はくどくどといった。「八王子まで頑張って急いだし、少ない給料からETC料金やガソリン代も……」

「だからわかったってば」

すると母が片手をあげた。「航輝が立派なのは、とっくに知ってるから。ふたりとも大人になったんだね。お母さんは嬉《うれ》しい。……ねえ李奈」

「なに？」

「お母さんを毒親だと思った？」

「……前はね」李奈はすなおに答えた。「いまはちがう。親の愛情を絶対視しなくていいって、『毒になる親』って本は教えてる。でもどんな親だろうと毒親に当てはめてしまうのも、やはり先入観でしかない」

「『蜜柑』って」母が静かにささやいた。「ロングシートだったのね」

「当然」李奈は応じた。

「親ってのはね、子供がいつか大人になっちゃうことに、寂しさを抱えながら生きてるものなの。だけど喜びもあるって知った」

「わたしもいずれ悟るかも」

「嬉しさには悩みが、悩みには嬉しさがつきまとうのね」

「……お母さん、ほんとに読書してない？」

「なんで？」

「ゲーテの『ファウスト』に似たフレーズじゃん」

「そう？　お母さんにも作家の才能があるのかしら」

母の笑顔をみるうち、李奈も笑みがこぼれるのを抑えられなかった。母がどんな気持ちで自分を育ててくれたか、いまようやくわかる気がした。

発車のベルが鳴った。航輝がうながした。「急いで。乗り損ねちゃ洒落にならない」

「本当にありがとう。李奈。航輝」母は乗車口に歩きだした。「辛いことがあったら、いつでも伊賀に帰ってきて」

「成功してから帰る」李奈は母に微笑みかけた。「さよなら、お母さん。またね」

新幹線に乗りこんだ母が、振りかえり手を振った。穏やかな面持ちだけがそこにあった。車窓のなかにもその姿が見てとれた。なおも母は手を振りつづけた。ドアが閉まり、発車のときを迎えた。車両が動きだす。李奈は航輝とともに手を振りかえした。

母はきっと帰りの車内で泣くのだろう。李奈もきっとクルマのなかで、涙を堪《こら》えきれなくなる。

霧が晴れるように心が洗われる機会がある。いまがそのときにちがいなかった。わだかまりはすべて過去になった。これからは希望あふれる未来しかない。本当の意味で未来の天才になりたい。

解説

三《みつ》橋《はし》　暁《あきら》（書評家）

ここだけの話だが、「é c r i t u r e　新人作家・杉浦李奈の推論」の〝écriture〟が意味するところを、今さら他人には訊《き》くこともできずに、困っている方はおられないだろうか？　読み方は、エクリチュール。本来は、話し言葉に対する書き言葉を指す哲学用語だが、書、記述、文章、文字、筆跡などを意味するフランス語の女性名詞である。

ポピュラーな外来語として、「現代用語の基礎知識」等にも載っているこの言葉だが、ここで少しだけ深掘りしてみたい。熱心なミステリ・ファンならご存じかもしれないローラン・ビネのオフビートなスリラー『言語の七番目の機能』に、ロラン・バルトという実在の人物が登場する。バルトは、哲学、記号学、批評等の分野にまたがる知の巨人として知られ、ずばり『エクリチュールの零度』という有名な著作もある。独自の考察でエクリチュールという言葉を文学の世界に持ち込んだ人だ。

カミュをはじめ、フロベールやモーパッサン、ゾラらのフランス近代文学の重鎮に加え、アガサ・クリスティまでが引き合いに出されるその著作は、正直まったくもって手強い代物だが、言語《ラング》（社会的な環境）と文体《スティル》（個人的な経験）の間《はざま》で作家が選び取っていくものを指す言葉として、エクリチュールが登場する。と書くと、少し判りづらいかもしれない。しかし、作品とどう向き合うか（即ち、小説をどう書くか）という作家の問題と言い換えれば、作者がシリーズのタイトルに「écriture」を冠した理由が見えてくるような気がする。

シリーズはこれまで、運良くデビューはしたものの、決して順風満帆とはいえない駆け出し作家・杉浦李奈《すぎうらりな》の悪戦苦闘を描いてきた。彼女が次々巻き込まれる事件は、文壇や出版界といった文学の世界が舞台で、まさにエクリチュールな冒険の連続でもあった。しかし少し大袈裟《おおげさ》な言い方をすると、数々の難事件を通して、ヒロインは作家としての生き方を模索してきたともいえる。そんな成長の物語も、この最新作『écriture　新人作家・杉浦李奈の推論 VI　見立て殺人は芥川』で、いよいよ佳境に入っていく。

さて、このエクリチュール・シリーズ（あえてそう呼ばせてもらう）も、本作でついに六巻を数えるが、第一作の『écriture　新人作家・杉浦李奈の推論』が書店に並んだのは、二〇二一年十月のこと。以来、これまで隔月刊という超ハイペースでシリーズの新作が届けられてきた。

その間には、『アルセーヌ・ルパン対明智小五郎　黄金仮面の真実』、『出身成分』、『高校事変 XII』(高校事変シリーズの完結編)、『JK』を文庫で上梓《じょうし》し、さらに本書とほぼ時を同じくして『ウクライナにいたら戦争が始まった』という単行本の新作も書店に並ぶという。いやはや、作者の松岡圭祐《まつおかけいすけ》の創作意欲たるや、驚異的という言葉でも足りないくらいだ。

とはいえ、本作でこのシリーズと初めて出会う読者もあるだろう。刊行順にならわずとも、どこからひもといても楽しめるのがこのシリーズのいい所のひとつだが、本作でヒロインと出会うこととなる読者のために、まずは著者紹介ならぬ主人公《ヒロイン》紹介からいってみたいと思う。

杉浦李奈(すぎうらりな)

三重県生まれ。小説投稿サイト〈カクヨム〉への投稿が編集者の目にとまり、『雨宮の優雅で怠惰な生活』でデビュー、『その謎解き依頼、お引き受けします　～幼なじみは探偵部長〜』などのライトノベルを経て、『トウモロコシの粒は偶数』を文芸単行本として上梓。直後に岩崎翔吾《いわさきしょうご》事件を調査・取材したノンフィクションが評判となる。私生活では、同業の那覇優佳《なはゆうか》と親交が深く、櫻木沙友理《さくらぎさゆり》とも交友関係がある。目下、デビュー作の続編『雨宮の優雅で怠惰な生活2』を執筆中。

紹介文中の岩崎翔吾事件とは、第一作で李奈が巻き込まれた事件のことで、日本文学の研究者にして、初めて書いた小説が芥川《あくたがわ》・直木《なおき》賞のダブル・ノミネートで一躍文壇の〝時の人〟となった岩崎翔吾の受賞後第一作に盗作疑惑がかかる。対談の相手を務めたことで貰《もら》える筈《はず》だった帯への推薦文も幻で終わってしまうが、盗作の件を取材し、本にしてはどうかという担当編集者からの提案を断れぬまま、李奈は失踪《しっそう》事件に発展していく騒動に身を置くことになる。

その結果、最終的に事件を解決に導いた李奈は、各方面から名声を得るが、残念ながら本の売り上げは伸びないまま。しかし書き上げたノンフィクションが業界でも静かな話題となり、不本意にも文壇のトラブルシューターとしてお呼びがかかるようになる。かくして剽窃《ひょうせつ》絡みの事件から、クリスティの某作を思わせる孤島の連続殺人や文壇の転覆を狙ったかのような大胆不敵な劇場型犯罪まで、李奈は次々と難事件に巻き込まれていく。

そんな李奈が本作で遭遇するのは、まるでシリーズの原点に回帰するかのような、芥川龍之介《りゅうのすけ》にまつわる事件である。というのも、実は執筆依頼よりも持ち込まれる相談事の方が多い李奈の現在の境遇は、芥川龍之介から始まったといっても過言ではないからだ。最初の事件のきっかけとなった岩崎翔吾との対談のテーマは芥川龍之介と太宰治《だざいおさむ》だった。その中で、芥川の模倣について持論を貫く岩崎に抱いた怪訝《けげん》な思いが、後々の災厄——、もとい活躍へと繫《つな》がっていったのだ。

しかし、ややもすると疎かになっていた本業も、書き下ろしの企画が通り、好転の兆しをみせていたある日のこと、李奈が中目黒《なかめぐろ》の蔦屋《つたや》書店で親友で同業の優佳とお茶しているところに、刑事たちが物々しく訪ねてくる。用向きは捜査への協力要請で、事件現場に残されていたという岩波文庫の芥川竜之介『蜘蛛の糸・杜子春・トロッコ他十七篇』から丁寧に切り取られた冊子状の「桃太郎」を見せられる。奇遇にも、前夜いきなり故郷の伊賀《いが》からやってきた母親と険悪なムードに陥った原因も、実は芥川の短編だった。

事件は、改造ガスガンを使った無差別な犯行として既に報道されていた南品川《みなみしながわ》の住宅街で起きた連続殺人であった。被害者の一人、五十代男性の胸には血で汚れた「桃太郎」の冊子がおかれ、やはり三軒隣で死体で見つかった老人は、猿とそっくりの顔立ちをしていた。そしてあろうことか、有名な昔話に擬《なぞら》えるように、近所の飼い犬とフェンスにとまるキジならぬスズメまでもが巻き添えで銃撃されていたのだ。

タイトルにもあるように、今回俎上《そじょう》にあがるのは、〝見立て殺人〟という古今東西のミステリではおなじみの趣向である。作者には、すでに第二巻で横溝正史《よこみぞせいし》の『悪霊島』と松本清張《まつもとせいちょう》の『疑惑』をめぐる見立てについての秀逸な言及があるが、今回下敷きになる「桃太郎」は、「猿蟹合戦」「舌切雀」「花咲か爺」「かちかち山」と並ぶ、日本五大昔話の一つに数えられるお伽噺《とぎばなし》の一つだ。江戸《えど》時代には赤本（幼児向けの絵本）を通じて民衆に広まったが、それを芥川龍之介がリメイクしていたことは、ご存じない方も多かろう。

本作で犯人が見立てに使う「桃太郎」は、大正《たいしょう》十三年に発表されたその芥川バージョンで、現在一般に知られる「桃太郎」とは一味も二味も違う。桃太郎が育った環境や、鬼退治に向かう動機、そして数奇な後日談がある点など、子どもを寝かしつける際に聞かせるのが躊躇《ためら》われるほどのえぐみに、初めて知る方は驚かれるに違いない。

警察の後押しや自治会役員たちの協力を得た李奈は、町内に陣どる宗教法人をめざす営利団体やペットの犬を殺された一家、旅行中で難を逃れた被害者の家族らを訪ね歩いていく。そして、おなじみの「これが小説なら――」というメタフィクショナルな一節に導かれるように、芥川版「桃太郎」と呼応し合いながら、事件の真相を詳《つまび》らかにしていく。

冒頭の懐かしいゲームブックにまつわる蘊蓄《うんちく》をはじめ、「蜜柑」や「藪の中」、「蜘蛛の糸」など芥川龍之介の諸作をめぐる奥深い考察の数々や、無数にちりばめられた文学的なトリビアと、本巻もまた本好きをニヤリとさせずにはおかないが、一冊のノン・フィクションが事件の様相を一変させる展開には、息を吞《の》む。そこにビブリオ・ミステリとしての本領があるといっていいだろう。

また、めずらしく本気で李奈を褒める担当編集者の菊池《きくち》をはじめ、親友の優佳や妹思いの兄航輝《こうき》など、おなじみの面々が賑《にぎ》やかに行き交う中、李奈が苦手にしてきた母親の愛美《あいみ》の出番もいつになく多い。東京での一人暮らしに反対し、毎度のことだが「サザエさん」の登場人物を引き合いに出しては、今の世の中、小説は実家でも書けると、母親は娘を実家に連れ戻そうとする。

そんな母の一言一言に気持ちを逆撫《さかな》でされる李奈にも、自らを省みる機会が訪れる。「桃太郎」に秘められたメッセージをめぐり連続殺人事件が大団円を迎える中、李奈はとある一冊の本が与えてくれる救済を目の当たりにする。主人公、そして読者は、この最後の最後に至って、事件が李奈自身の事件でもあったことに気付かされるのだ。

主人公の成長を語る小説の形式を教養小説《ビルドゥングス・ロマン》というが、その風格ある呼び名にふさわしいのが、このエクリチュール・シリーズだろう。さまざまな出会いを通じ、悩み、傷つきながらも、夢の実現に向けて前に進み続けるヒロインに勇気をもらう読者も多いはずだ。

この第六巻では、現実の厳しさに散々手を焼いてきた李奈の前途に、ささやかな光が射しこむ。しかし、本当の試練はまだまだこれからだろう。ヒロインの妙《たえ》なる到達点を見届けるためにも、読者の一人としてこれからもシリーズに寄り添っていきたい。

本書は書き下ろしです。

この物語はフィクションであり、登場する個人・団体等は、現実と一切関係がありません。

écriture《エクリチュール》　新人《しんじん》作家《さっか》・杉浦《すぎうら》李奈《りな》の推論《すいろん》 VI

見立《みた》て殺人《さつじん》は芥川《あくたがわ》

松岡圭祐《まつおかけいすけ》

令和4年 8月25日　初版発行

発行者●堀内大示

発行●株式会社KADOKAWA
〒102-8177　東京都千代田区富士見2-13-3
電話　0570-002-301（ナビダイヤル）

角川文庫 23291

印刷所●株式会社暁印刷
製本所●本間製本株式会社

表紙画●和田三造

ISBN 978-4-04-112985-2　C0193

JASRAC 出 2204819-201　◇◇◇

角川文庫発刊に際して

角川源義

第二次世界大戦の敗北は、軍事力の敗北であった以上に、私たちの若い文化力の敗退であった。私たちの文化が戦争に対して如何に無力であり、単なるあだ花に過ぎなかったかを、私たちは身を以て体験し痛感した。西洋近代文化の摂取にとって、明治以後八十年の歳月は決して短かすぎたとは言えない。にもかかわらず、近代文化の伝統を確立し、自由な批判と柔軟な良識に富む文化層として自らを形成することに私たちは失敗して来た。そしてこれは、各層への文化の普及滲透を任務とする出版人の責任でもあった。

一九四五年以来、私たちは再び振出しに戻り、第一歩から踏み出すことを余儀なくされた。これは大きな不幸ではあるが、反面、これまでの混沌・未熟・歪曲の中にあった我が国の文化に秩序と確たる基礎を齎らすためには絶好の機会でもある。角川書店は、このような祖国の文化的危機にあたり、微力をも顧みず再建の礎石たるべき抱負と決意とをもって出発したが、ここに創立以来の念願を果すべく角川文庫を発刊する。これまで刊行されたあらゆる全集叢書文庫類の長所と短所とを検討し、古今東西の不朽の典籍を、良心的編集のもとに、廉価に、そして書架にふさわしい美本として、多くのひとびとに提供しようとする。しかし私たちは徒らに百科全書的な知識のジレッタントを作ることを目的とせず、あくまで祖国の文化に秩序と再建への道を示し、この文庫を角川書店の栄ある事業として、今後永久に継続発展せしめ、学芸と教養との殿堂として大成せんことを期したい。多くの読書子の愛情ある忠言と支持とによって、この希望と抱負とを完遂せしめられんことを願う。

一九四九年五月三日

ビブリオミステリ**最高傑作**シリーズ！

好評既刊

écriture《エクリチュール》 新人作家・杉浦李奈の推論 Ⅰ～Ⅵ／松岡圭祐

角川文庫

はやくも2巻発売の
青春バイオレンス文学

JK Ⅱ

松岡圭祐

2022年9月21日発売予定

発売日は予告なく変更されることがあります。

角川文庫

衝撃の外伝！

優莉凜香 高校事変 劃篇

松岡圭祐

2022年10月25日発売予定

発売日は予告なく変更されることがあります。

角川文庫